사람 동물원

# 사람 동물원

## 박 황 소설집

도화

# 차 례

작가의 말

머릿속에서만 문청이었습니다.

젊은 날을 지나며 두어 번 직접거리다 '언젠가' 파일에 저장했습니다.

40이 넘어 조금 아팠습니다. 치유가 필요해 공부를 했습니다. 소설공부를 말입니다.

그리고 훌륭하신 선생님께 지도를 받고 등단을 했습니다.

2017년이니 만 5년이 되었습니다.

첫 소설집입니다.

많이 부족하다고 생각합니다.

제게 모자라는 것을 채움에 최선을 다하겠습니다. 제가 조금이라도 갖고 있는 것이 무엇인지 겸손히 성찰하겠습니다.

소설가협회 이사장님과 여러 선생님들께 인사를 올립니다.
남소회 회원님들께 송구함과 사랑을 전합니다.
경남문화예술진흥원과 도화출판사에 감사를 전합니다.

2017년 12월
산청에서 박 황 올림

# 외계인 마실기記

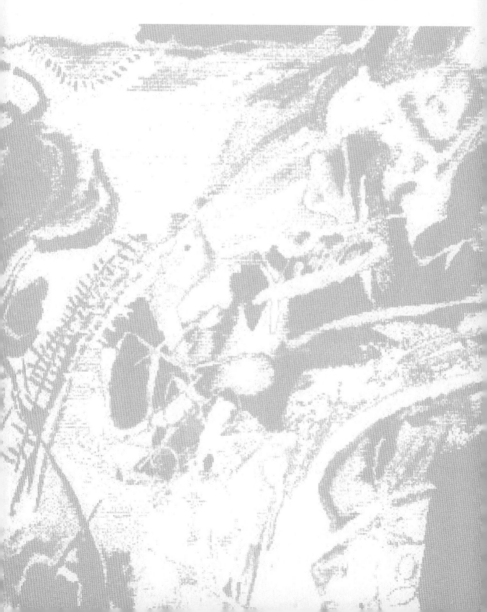

어찌 보면 간단한 일인데, 한 편으로는 내가 왜 이런 쓸데없는 일에 힘을 쏟는지 회의가 들기도 한다. 내가 잠깐 의탁한 몸에 대한 고마움이랄까? 아니, 애처로움이 더 정확한 표현이리라. 뜬금없이 갑자기 일어난 욕망으로 몇몇의 몸을 빌렸지만 그들은 모두 나를 만족시키지 못했다.

이야기를 남기고자 한 단순한 일이었는데 그마저도 소화를 하지 못했다. 적어도 이 행성에서 문맹률이 낮은 나라 중에 하나라고 알았는데 글을 읽는 능력과 쓰는 능력은 다른 모양이다.

하긴, 내가 인간이라는 종의 몸에 의탁한 게 얼마만인지 기억도
나지 않는다.

잠깐 내 소개를 하자면, 나는 이 지구라는 행성의 생명체가
아니다.

소위 외계인이라고 불리는 존재다.

그렇다고 여기 인간들이 일반적으로 생각하는 그런 유형은
아니다. 아몬드형 눈매를 한 1미터 전후의 구부정하고 왜소한
'그레이'가 아니다. 북유럽인의 모델인 '토르'의 시리우스계 휴
머노이드도 아니다. 파충류형인 '랩탈리언'은 더더욱 아니다.
나는 형체가 없는 유형이다.

형체가 없다고 비물질이라는 건 아니지만, 아직 이 행성의 문
명 정도로는 내 몸을 파악할 수 없다. 자세하게 얘기해줄 수 있
지만, 이는 내게 허용된 영역을 벗어나는 일이고, 굳이 그러고
싶지도 않다.

이 행성 인간들에게 내 모습은 흐릿한 그림자나 희멀건 연
기 덩이로 보일 것이다. 보통 인간들의 눈에는 띄지 않지만 개
중에 간혹 내 모습을 보는 이들도 있다.

나는 여러 가지 이름으로 불리고 증오나 숭배의 대상이 되기
도 한다. 나는 의식이 있고 욕망이 있으며 감각을 느낄 수도 있
다. 사실 감각은 의탁한 몸체에 전적으로 의지하지만, 그게 내

욕망이나 의식에 영향을 끼치지는 않는다.

내 임무는 이 행성의 최상위종에 대한 사례관리다. 정확하게는 인류라는 종의 진화 정도를 정기적으로 보고하는 것인데, 전임자의 보고와 가늠에서 크게 벗어나지 않아, 나는 그저 확인만 하는 것으로 순탄하게 업무를 하고 있다. 최근의 보고는 1년 전이다. 차회 보고까지 대략 59년이 남았다. 작년 보고 후 어이없게 의탁체를 잃고 마실을 다니며 이렇게 쓸데없는 짓을 하고 있는 중이다.

내가 지구라는 원시 행성에 발을 들인 것은 대략 200여 년 전이다. 그리고 인류에 대한 보고 임무를 맡은 것은 190여 년 전이고, 작년까지 세 번을 보고했다. 보고는 나에게 임무를 부여한 기관에 한다. 기관이란 표현은 정확한 표현이 아니다. 하지만, 이 글을 읽는 원시인들의 편의를 위해 기관이라 쓴다.

내가 속해있는 종족의 체계는 지구와는 전혀 다른 체계이다. 체계라 하는 것 역시 이치에 닿지 않지만, 그냥 가장 가까운 뜻을 담으니 할 수 없다.

우리 종족은 그냥 정보를 모은다. 행성의 문명화 정도에 상관없이 그저 정보를 모으는 것이 우리의 일이다. 물론 우리 종족의 이권과 우주의 균형을 위해서는 전쟁을 불사하기도 한다. 아주 얼마전이지만, 우리는 이 행성에서 타종족과 전투를 벌인

일도 있다.

하지만, 기본적으로 우리는 업무를 위해 거주하는 행성의 문명에 그 어떤 관여도 하지 않는다. 원시행성의 자원이나 노동력을 필요로 해 생명을 창조하거나 이식하지 않는다. 또는 행성을 우리 종족에 맞게끔 거주화(행성개조)하지도 않으며 생성되어 있는 기존 생명체계에 개입해 어떤 특정 목적을 달성하기 위한 문명 촉진을 하지 않는다. 그런 역할의 종족들은 어디에나 널려 있고, 그들에 의해 생성되거나 파괴되는 문명과 행성들 역시 셀 수 없을 정도이다.

문명체계의 개입 금지는 어찌 보면 그들보다 상대적으로 덜 물질화되어있는 우리의 신체조건 때문이기도 하지만, 근본적인 이유는 진화의 결과에 따른 문명의 위계에 의한 것이다.

이에 대한 것은 여러 종족의 많은 언질이 있었던 것으로 안다. 물론 이런 사실조차 인류라는 종의 극소수만 알고 있겠지만… 알건 모르건 사실 지구도 이제 한 단계 상승하기 위한 준비가 끝나가고 있다. 아마도 나의 다섯, 여섯 번째 보고는 내용이 달라질 것이다.


필요에 의해 문명을 촉진하고, 생명을 만드는 종족들은 그들의 욕망에 충실할 뿐이다. 우리 역시 우리에게 부여된 임무와 욕망에 충실히 임한다. 다만, 우리는 원하는 시간만큼 존재하지만, 그들의 시간은 유한하다는 차이가 있다. 그들에 의해 새로운 행성으로 이식된 생명들이나 피조물들 역시 마찬가지다. 유한의 창조자가 무한한 피조물을 만드는 것은 불가능하다. 하지만 창조자의 유한에 비할 수 없을 만큼, 찰나剎那 같은 짧은 시간을 존재하는 피조물들의 기능시간은 장애요인이 분명하다. 여기 변두리 은하의 조그만 태양계에서도 지구와 몇몇 행성에 거주하는 생명체들이 문명을 반복하는 이유다.

우리 종족의 수명은 정해지지 않았다. 우리가 원하는 만큼 존재할 수 있다. 하지만, 존재하기를 멈춘다면, 특별한 기회를 얻지 않는 한 다시 동일한 존재로 돌아갈 수 없다. 새로이 형성되거나 전과 비슷한 성격을 갖는 존재가 된다.

우리 종족이 존재를 멈추는 빈도가 가장 높은 기간은, 지구시간대로 존재 후 대략 10만 년 전후이며, 구성원의 1/3 정도가 스스로 소멸한다. 그리고 다시 형성하려 하지 않는다. 하지만, 가끔씩, 전 우주적인 차원에서 우리 종족만의 형성시간대가 있기는 하다.

우리는 유성생식을 하지 않는다. 우리 종족 중 최상위 계급의 연구자를 제외하면 아무도 자신의 발생을 기억하지 못한다. 우리는 처음부터 그냥 존재했다. 지금 존재하고 있으며, 계속 존재할 것이다.

나는 존재 후 이제 20,000년 밖에 되지 않은 신출내기다. 나중에 다시 얘기하겠지만, 우리 종족도 여러 계층으로 나눠져 있다. 이 쓸데없는 짓을 하고 있는 나는 임무로 보면 하위계층에 속하지만, 의식과 욕망은 중간계층에 속하는 어정쩡한 경계에 머물러 있다.

나는 상부에 보고를 끝낸 뒤에는 보통 조용히 시간을 보낸다.

밀림의 오지나 극지방 인적이 드문 곳에서 그 지역의 최상위 종에 의탁해 3세대 정도의 기간을 함께 지낸다. 그리고 오 년에 한 번씩은 정기적으로 이 행성과 인류의 변화를 체크하기 위해 세상을 주유한다. 물론 큰 전쟁이나 심각한 대기의 변화 같은 것이 측정되면 따로 정찰을 한다. 61년 전 두 번째 보고에서는 인간들의 핵사용이 본격화됨을 알렸지만 예상 시간대보다 십여 년이나 지체된 사건이라 특별사항으로 취급받지는 못했다. 오히려 상급자들은 인간의 우매함과 미련을 안타까워했다. 그리고 지난 격전지 관리에 더욱 신경을 쓰라는 지시가 내려졌다.

1만여 년 전에 있었던 타 종족과의 전적지를 더욱 완벽하게 은폐하라는 명령이었다. 우리는 이 행성의 '고대 유적지' 처처에서 발견되는 '트리니타이트Trinitite'를 보며 긴장을 했지만, 인류는 외려 애써 못 본 척하고 있는 중이다. 웃기고 불쌍한 일이다.

반복되는 문명의 한계일 수밖에 없다.

하루살이 육체의 기능이 끝나면 자진해서 기억 소거를 당하는 불쌍한 유전적 설계를 알기에 더욱 그렇다.

나는 세 번째 보고를 하고 동북아시아 끝머리 한반도의 비무장지대에 몸을 내렸다. 보고를 위해 바이칼 호수 근처에 있었던 나는 한동안 찾아보기 힘들었던 대규모 인간들의 원을 한반도의 허리에서 느꼈다. 이십여 년 전 뉴욕의 빌딩에 비행기가 충돌했을 즈음 느꼈던 당혹과 어두움과는 달랐지만, 내 흥미를 끌기에는 충분했다. 인간들은 정기적으로 집회를 하였고 그들이 뿜어내는 울림은 다양한 스펙트럼의 원망願望이었지만, 대체로 비슷한 계열이었고, 그것은 다음 해 실제 자신들 집단의 지배구조를 바꾸는 결과로 나타났다.

어느 문명이나 흔히 있는 일이지만, 자신들이 만든 정의에 제 목줄을 옭아매는 게 일상인 미련한 종족들 수준에서는 나름 개성을 드러낸 외침이기도 했다.

북과 남으로 나뉘어진 이 원시인들은 같은 언어를 쓰는 무리이고, 유전 형질도 거의 똑같은 종족이다. 그럼에도 두 무리는 50년 이상을 서로 적대시 하고 있었다. 손톱만한 반도를 나누어 중간을 경계로 비무장지대라는 완충지역을 정해 대척하고 있다.

폭이 대략 4km, 길이는 250km 정도의 구간이다. 이 우스운 원시족들의 다툼 덕에 인간의 발길이 닿지 않는 생태계가 이루어져있다는 것은 참 다행스러운 일이다. 조금 좁긴 하지만 말이다.

나는 그곳에서 덩치가 가장 거대한 멧돼지의 몸에 자리를 잡았다. 거대 고양이류가 없는 지역에서의 최상위계층은 대부분 곰이나 멧돼지인데, 비무장지대에서는 곰이 눈에 띄지 않았다.

한 눈에 보기에도 놈은 다른 개체들에 비해 거대한 몸을 갖고 있었다. 그러면서도 행동이 진중했다.

우리 종족이 생체에 들어갈 때는 최소한의 기준이 있다. 우선 개체의 무게나 부피가 보통 이상은 되어야 한다. 너무 당연한 얘기겠지만, 의탁한 개체가 다른 개체들에게 시달림을 받으면 안 된다. 인간이나 다른 포유류들이나 별 차이는 없지만, 그래도 인간은 타 포유류에 비해 그리 쉽게 피식되거나 사망해 내가 강제로 분리 당할 확률이 적은 편이긴 하다.

내 개인적인 연구 목표나 흥미에 따라 대상이 선정되지만, 인간 외 포유류에는 보다 큰 체격이 여러모로 유리하다. 앞서도 얘기했지만, 아무래도 같은 무리 내에서의 역학관계에 신경 쓸 필요가 없기 때문이다.

그리고 다음 기준은 진중함이고 내성적 기질이다. 인간에게 적용하면 조금은 병약한 심신의 상태를 좋아한다. 경박하거나 홍이 많은 개체는 꺼린다. 모험심과 호기심이 많은 개체는 위험에 노출될 가능성이 높고, 열이 많은 개체 역시 안에서 조용한 휴식을 취하기 어렵다.

놈의 어깨 높이는 최소 1.5m다. 어지간한 황소 크기다. 눈빛도 깊숙이 갈무리 되어있고, 걸음 역시 조용했다. 의탁 개체를 찾기로 마음먹고 얼마 지나지 않아 놈을 발견했다. 덩치에 어울리지 않는 발소리를 내며 억새 밖으로 모습을 드러낸 놈은 천천히 나에게 다가왔다.

가끔 머리를 들어 나와 눈이 마주쳤다. 마치 나를 보고 오는 듯 했다. 기본적으로 암수생식을 하는 개체들은 내 모습을 볼 수 없도록 설계되어 있다. 물론 예외 경우도 있지만, 그건 아주 특이한 케이스다.

내가 보이냐? 난 시답지 않은 생각을 하며 별다른 고민 없이 놈에게 들어갔다. 하지만, 놈과 신경계 싱크를 맞추고 본격적인 세팅이 끝날 즈음, 하루도 지나지 않아, 난 실수했다는 것을 알았다. 놈은 이미 30년 째 살고 있었다.

평균의 수명이 지난 개체들은 간혹 자연스럽게 자신의 과거 기억을 찾는 경우가 있었고, 특히 포유류의 경우에는 주위의 에너지를 운용하는 법을 살아가며 체득하는 경우가 있기 때문인데, 놈은 근육과 덩치에 대한 물리적인 부분이 아닌 사고회로의 부분에서 많은 문제가 있었다. 놈의 머릿속에서 격렬한 진화가 이루어지고 있었다. 아, 이건 조금 귀찮은 개체다.

나는 바로 몸을 뺄 것인지 아니면 자연스레 분리될 것인지 고민을 했다.

뭐 한두 번 겪는 일도 아니고 어떤 결말이 나올 지는 뻔히 알지만, 나는 언제나 이런 드라마를 즐긴다. 그게 이 쓸데없는 짓을 하는 동기이기도 하며, 나를 같은 계급의 순정한 동료들과의 차이를 만드는 이유이기도 하다. 나는 놈의 깊숙한 '속'으로 눈길을 돌린다.


놈은 동틀 녘 움직이기 시작했다. 사냥을 위함이 아니다. 뱃속은 어지간히 채워져 있다. 놈은 산책을 하듯 천천히 움직인다. 얼마를 직진하더니 멈춰서 제가 지나온 길을 뒤돌아보며 상념에 잠겼다. 여러 그림들이 혼란스레 뒤섞인다. 유난히 코에 검은 얼룩이 진했던 형제가 생후 삼일 만에 어미의 엉덩이 밑에서 압사한 그림, 야생 토란을 파먹다가 구토를 하는 그림, 짝짓기 했던 암컷들, 새끼들, 그리고 인간들 매복지에서 받았던 총알 세례.

샛강이 흐르는 넓은 관목 숲을 관조하는 놈의 머릿속에 그려지는 풍경들이었다.

그리고 삶을 끝내고자 하는 희구希求.

나는 놈의 몸에서 분리될 시간이 얼마 남지 않음을 느꼈다.

어어. 희한한 놈이다. 인간들의 손으로 삶을 마감할 생각이다. 의도적으로 생을 끝내는 놈들 중에 이런 놈은 처음 본다.

놈은 총살을 원했다. 군데군데 설치되어 있는 발목지뢰와 대전차지뢰를 피해 이동하는 것이 단순한 본능이 아니었다. 한 시간 여를 터벅거리며 걷던 놈이 괴성을 지르기 시작했다.

오십여 미터 전방에 사주경계로 매복지로 이동 중이던 군인 무리가 보인다.

리더급으로 보이는 인간이 수신호로 정지를 명한다. 무리들이 사격자세를 취하고 이쪽의 상황을 살피고 있다. 그들은 우리가 그냥 지나가길 간절히 바라고 있었다. 나는 두근거리기 시작했다.

잠깐의 정적이 흐른 뒤 이 돼지놈은 몇 번 머리를 털 듯 흔들고 인간들에게 돌진하기 시작했다. 인간들 사이에서 외마디 욕지거리가 터졌다. 곧이어 허공을 찢는 수십 발의 총소리와 함께 놈의 몸에 탄두가 박히기 시작했다. 빗겨 맞은 오른쪽 어깨가 뭉텅이로 떨어져 나갔다. 머리를 뚫고 들어온 총알은 내장을 휘젓고 엉덩이에 바가지만한 구멍을 내며 빠져나갔다. 놈의 어금니와 볼때기가 찢어져 떨어졌다. 나는 감각의 통로를 닫고 놈의 육체가 멈추는 것을 바라봤다.

인간 아닌 것들이 스스로 제 육체의 기능을 끝내는 일은 흔한 일이 아니다. 이 개체는 30년을 넘게 살았으니 어느 한편 이해가 가지만, 이렇게 요란하게 마무리 짓는 것은 참 별난 경우다. 전술했지만 행성의 생명체들 중 설계된 기능 시간을 많이 넘어서는 개체는 어느 순간 자신의 본질을 깨닫는 경우가 있다. 물론 용이나 요정, 설인이니 하는 이종융합 된 실험체들은 성체가 되면서 자신들을 직관할 수 있도록 설계되었으나, 인간을 포함한 90퍼센트의 포유류는 자신들의 본질을 알 수 없는 상태에서 태어나도록 포맷된다. 그나마 그 중에 인간들의 '각성' 비율이 대략 0.1퍼센트 정도로 가장 높은 편이나, 인간들은 대부분 기능의 상실 직전(그것도 갑작스런 재해나 사고가 아닌 자연스러운)에 알아차림으로 별다른 의미는 없다. 나머지 생명체들은 두세 종을 제외하고는 아무것도 모르는 상태에서 육체기능을 멈추게 된다. 어찌보면 모르는 것이 당연하다. 대부분이 상위계층의 포식자들에 의해 타의로 기능을 멈추는 경우이니, 인간들만큼의 문명도 이루지 못한 제 놈들 탓이다.

인간들이 걸레가 된 놈의 주위로 다가왔다. 나는 조용히 몸을 뺐다.

'좆 됐다', '재수 옴 붙었다', '기왕 이리 된 거 다리 한 짝만 가져가자', '신장만이라도 떼어가자', '개소리 하지마…' 속닥거리는 소리가 들린다. 곧이어 무전기로 상황을 보고하는 통신병의 음어가 흘렀다. 놈의 사체를 한 곳으로 밀어 넣고 인간무리가 다시 이동을 시작하자, 그제야 멧돼지 놈의 본질이 놈의 몸에서 빠져 나오기 시작했다. 너덜해진 육체와는 아무 상관없다는 듯 두부와 척추부에서 슬금슬금 빠져나온다. 나는 잠시 멈춰 놈을 기다렸다.

놈이 내게 인사를 했다. 진즉에 오신 줄 알았지만, 어떤 상황 인지 알 수가 없어 모른 척 했단다. 나는 수고했다며 놈을 다독 이고, '대기실'로 들어가는 '게이트'를 알려줬다. 놈은 연신 감 사와 존경의 염을 보내며 가야할 곳으로 움직인다. 대개 각성을 한 개체들은 내 존재를 직감적으로 인식한다. 더불어 자신과의 차이 역시 동시에 인지한다.


우주에는 셀 수 없이 많은 본질이 존재한다. 만들어졌든, 조 작되었든, 어떤 형태로 존재하든 본질은 개별성을 가지고 존재 하며 파괴되지 않는다. 이 행성의 인간들이 영혼이라든가, 자 아, 아트만이라고 언급하는 것이라 보면 된다. 하지만, 모든 본 질이 불괴상주不壞常住한다고 해서 언제나 같은 성질을 지니고 있지는 않다. 여러 계층과 여러 성질의 조율이 있고, 이는 전 우 주에 걸쳐진 '의지'에 의해 부여된다. 수백억의 은하계와 개별 의 행성에는 다양한 본질들이 존재한다. 하지만, 각 개별 은하 나 행성간의 문명 정도는 또 그만한 차이가 있다.

이미 지구에서도 1960년대에 카르다셰프라는 인간이 제기한 문명 척도는 우리가 볼 때 아주 무식한 가설이지만, 어느 정도는 얼추 비슷한 구조를 제시했다. 그만한 사고가 가능한 것으로 보아 그는 지구 태생의 본질은 아닐 것이다.

어쨋든 그의 이론대로 하더라도 지구는 아직 1단계 행성급의 에너지를 운용하는 문명의 기준인 10페타와트($10^{16}$W)에도 이르지 못한 것은 분명하다. 카르다셰프의 2단계 문명과 3단계 문명의 에너지는 대충 맞지만, 실제와는 차이가 있다. 그 이상의 단계 역시 마찬가지다. 여기서 기술적인 얘기는 하고 싶지 않다. 해봤자 이해도 못할 거니와 이 보고서는 내 취미생활의 하나다. 그러고 보니 보고서라는 말도 안 맞네. 이런 열등한 종족에게 보고를 하다니. 교훈서 내지는 상급 존재의 풍자서라는 것이 어울린다.

글 분위기에 멋을 내고 위엄을 부린다면 성경이 될 것이다. 아니지, 신의 말씀이지. 어? 생각해보니 멋을 내서 한번 써봐야겠다는 생각도 든다. 지금은 고향에서 연구를 하며 소일거리로 존재하고 있는 모 본질(그는 지구와 인류에 각별한 애정을 가졌다. 근세 몇 번이나 내려와 교훈을 남겼고 그의 자취는 지금 종교가 되어있다) 이후에는 인간의 발전에 직접적으로 개입한 이는 없었다. 그이의 세 번째 가르침은, 타 종족과의 전쟁이 끝나고 얼마 지나지 않은 시점이긴 하지만, 해당 지역의 인간들에 의해 리그베다Rig Veda로 칭송되었고 한동안 우빠니샤드 Upaniṣad라는 전승과 책자로, 비밀스런 가르침으로 계승되었다.

　이 글을 읽는 인간들을 위해 친절한 마음을 내어 우리 종족에 대한 소개를 조금 더 하겠다. 전술한 타입 문명론에 맞춰 설명하면 우리 종족은 3단계 문명에서 왔다. 보다 엄밀하게 카르다셰프 척도에 대입하면 3단계와 4단계의 혼합단계 정도일 것이다. 은하 간 여행을 하는 거의 모든 종족들은 기본적으로 3단계 이상의 문명이다. 물론 가치와 도덕적인 척도가 균일한 것은 아니다. 종족 특성과 지도자의 리더십에도 많은 차이가 있지만, 차치하고 은하 간 이동은 에너지 이용기술이 어느 정도까지는 도달해야 가능 한만큼 전체적인 문명 수준은 아무래도 지구나 그 비슷한 수준의 행성들과는 엄청난 차이가 있다.
　특별히 한 가지 팁을 준다면 은하 간 여행에는 에너지가 1간와트($10^{36}$W) 까지는 필요 없다. 우주물질의 압축과 마이너스 에너지를 활용하면 몇백 제타와트($10^{23}$W) 또는 몇 엑사와트($10^{24}$W) 정도면 가능하다. 물론 지구인들도 그 정도까지는 간다. 하지만 그게 언제쯤일지는 알려줄 수 없다. 몇 년 안 걸릴 수도 있고 몇백 년이 걸릴 수도 있다.
　우리의 문명은 지구나 비슷한 수준의 문명에 비할 바는 아니지만, 그렇다고 최고 수준의 종족은 아니다. 물론 상위계층이긴 하다.

우리보다 상위의 문명들이 있다. 기본적으로 모든 존재에는 합리적인 결정을 내리는 인자가 포함된다. 유전인자로 계승되는 것이 보통이긴 한데, 여러 외적인 개입도 있다. 이 합리적인 결정인자는 종족의 지속적인 발전과 상승을 추구한다. 고로 우리 종족 역시 계속 진화를 해야하는 것이 맞는 도리이지만, 우리는 이즈음 고민을 하고 있다. 나아갈 것인지, 그냥 즐길 것인지에 대해. 내 개인적인 판단도 그러하지만, 우리의 지도자 역시 비슷한 고민을 하고 있는 듯 보인다. 물론 나 혼자 생각이다.

우리 종족은 거친 기능적 육체를 갖지 않는다. 무수한 시간을 통해 생물학적 육체가 필요 없는 문명을 이루었고, 원하는 만큼 존재하는 것도 이동하는 것도 가능해졌지만, 한계는 있다. 일반적으로 하나의 항성계를 넘어가는 공간에서는 동시 존재가 어려우며, 항성 간 이동 역시 자유롭지 못하다. 그리고 연구를 위한 탐사나 채취 활동에는 효율적인 물질계 육체가 필요한 경우가 대부분이다. 우리는 때에 따라 생체공학적 육체나 기계공학적 육체를 입고 활동을 한다. 또한 해당 지역에 이미 존재하고 있는 생물개체에 들어가 임무를 수행하기도 한다. 3단계 이하 문명의 유기생명체에 본질을 의탁하는 것은 99퍼센트 가능하다.

여기에서 인간들에게 내 개인적인 비밀 하나를 알려준다. 나는 파견대의 서열상 어떤 임무에서든 기계공학적인 몸만 사용해야 한다. 이 의탁 규정은 내 본질의 활동과 그 영역, 권리와 의무에 대한 여러 가지를 한정한다. 한마디로 나는 내가 관리하는 행성 체계에 직접적으로 개입할 수 없다. 그럴 권리가 없다. 직접적인 개입이란 인간을 지도한다거나 인간의 몸에 들어 원시적인 쾌락을 즐긴다거나 하는, 이 행성의 최상위종인 인간체계의 개입을 금지하는 것이다. 또한 인간뿐만 아니라 기존 생명개체에 의탁하거나, 빙의하는 것 역시 금한다는 내용이다. 하지만, 나는 이런 규정을 어기고 있다. 정결한 우리 종족의 기준으로 보면 나는 '중 2병 걸린 놈'이고, '철없는 어린애'다. 이게 상급기관에 전해지면, 최소 1만 년 동안은 기계 몸을 입고 노동을 하는 의무를 질 것이다. 하지만 천만다행히 나의 상급자는 매우 현명한 존재이다. 그는 나의 엉뚱한 행동을 모두 알고 있으며 무의미한 내 욕망 충족의 활동도 알고 있지만, 그에 대해 질책이나 조언 같은 어떤 언급도 하지 않는다. 보고할 때면 응당 그에 맞는 조치를 해주었고, 그 이외의 시간에는 그저 가끔씩 한 번 안부를 묻는 정도였다. 내가 임무를 성실히 수행한다는 인정일 것이라 생각한다. 가정하기는 싫지만 어쩌면 나의 모든 행동이 이미 설계되어 있을 수도 있다.

우리 파견대는 각 항성계에 하나씩 배치되어 있다. 거점이라 생각되는 곳은 세 개까지 배치되기도 한다. 지구가 있는 이 은

하계에는 두 개의 파견대가 나와 있다. 지구라는 행성의 가치보다 이 행성이 속한 변두리 은하계의 입지가 중요하기 때문이다. 중앙으로 가는 지름길의 입구에 해당하며 전략적으로 가치가 높다. 더하여 기존에 이 항성계를 관리하던 지배종족과의 전쟁이 끝난 지 얼마 안 되는 시점이라 아직까지 군데군데 남아있는 그들의 잔존세력을 뽑아내야 하기 때문이다.

아마 여기까지 내 얘기를 읽은 인간들 중 일부는 언뜻 기시감이 들 수도 있다. 아마 1947년에 있었던 로스웰사건에서 해당 외계인과 인간 간호사와의 인터뷰 내용이 떠오를 것이다.

자신을 '에어럴'이라고 소개한 본질과 마틸다라는 간호사와의 인터뷰 말이다. 에어럴은 우리 종족을 IS-BE라고 명칭 했다. 언제나 상존한다는 의미로 말이다. 나는 본질이라고 표현한다. 여기 정서와 맞다는 생각에서다. 에어럴의 전언에 대해 이러쿵저러쿵 하지는 않겠다. 그 얘기는 이미 알아야 할 인간은 다 알고 있으며, 우리의 기술적인 부분 역시 상당부분 인간들에게 전해졌다. 직접적인 인간 접촉금지는 내가 속한 계층에는 절대적인 규제이나, 에어럴과 그 이상의 계층에서는 정치적인 필요에 의해서 정해진다. 조금 전에도 얘기했지만 나는 우리 종족의 정결한 품성이 많이 모자라는 것 같다. 혼자 잘 논다.

나는 지금 순전한 심심풀이로 지구라는 원시 행성의 오지 문화 안에서 놀고 있다.

"어마 저게 뭐야? 너구린가?"

"아냐, 너구리치곤 너무 큰데?"

"멧돼지 아냐?"

"멧돼지는 아닌 거 같은데?"

허옇고 넙데데한 얼굴의 여자가 소리를 높였다. 뒷덜미를 덮고 있는 꼬불거리는 머리털, 노란 점퍼, 자주색 바지. 선글라스는 얼굴의 반을 가리고 있다. 시커먼 유리 아래 단풍 색 입술이 호들갑을 떤다. 앞서거니 뒤서거니 하며 산뽕나무 아래를 지나던 일행이 걸음을 멈추고 올려본다.

"아니야. 저건 너구리가 아니야. 오소린가? 족제빈가? 잘 모르겠는데?"

"확실히 멧돼지는 아닌 거 같고!"

색안경을 벗고 눈에 힘을 주던 남자가 족제비 타령을 한다.

"어이구, 족제비, 오소리도 몰러? 저건 오소리네! 이야 근데 덩치 좀 봐라. 중돼지 만 하겠는 걸?"

모자를 벗고 민둥머리의 땀을 닦던 남자가 여자에게 퉁박을 준다.

"어머, 저게 오소리야? 나 오소리 처음 보는 거 같아! 오소리야, 이리 좀 와봐! 내려와 보라구! 쭈쭈쭈!"

단풍 색 입술의 여자가 손짓을 한다. 울긋불긋 갑남을녀가 시선을 내게 모으고 와자그르르 시끄럽다.

지랄한다.

나는 그들을 일별하고 돌아섰다. 여름이 길어져 먹거리도 수월하게 사냥하고 나름 세상의 온난화를 즐기고 있었는데, 오늘 똥 밟았다.

어제 먹은 들쥐가 비려 고구마로 입가심이나 할까하고 내려왔더니 인간들을 너무 많이 만났다. 그냥 평소처럼 잤어야 했다. 한참 잘 시간인데 무슨 댓바람으로 기어 나왔는지 모르겠다. 상한 놈들을 먹었나? 굴로 돌아와 자리에 엎어졌을 때에도 분명히 아무 이상 없었는데… 뒤숭숭한 꿈을 꿨던 거 같다. 내 몸으로 괴상하게 생긴 '내'가 들어오는 이상한 꿈, 개꿈이지. 그런데 몸부림을 쳤나? 몸이 시려 일어나질 못했다. 눈을 뜬 뒤에는 다시 잘 수가 없었다. 참 이상한 일이야. 얼마 안 있어 서리 녹는 소리가 들렸지. 나뭇가지 사이로 스며드는 햇살 냄새도 맡았고… 아! 그래. 그 냄새 때문이었어.

내가 굴을 나왔을 때는 주위의 삭정이 위로, 갈비 위로 바위 위로 온기가 스며들고 있었다. 나는 발이 푹푹 빠지는 낙엽더미를 헤치고 마을로 향했다. 내려가며 아침에 새로이 깨우친 것을 복습했다. 아침 햇살이 나뭇가지들을 헤치고 낙엽 더미에 내려앉으면 고구마 냄새가 난다는 거다. 그리고 개꿈을 꾸면 몸이 시리다는 거.

그런데 염병, 사람 냄새가 훅 밀려들었다. 땀 냄새, 역한 꽃 냄새, 그리고 점차 선명해지는 웅성거림. 사람이란 것들은 모두 마음에 들지 않았다. 물론 가뭄에 콩 나듯 한 둘의 좋은 것들도 만나봤지만, 대부분이 쏙 알맹이 없는 허깨비들이다. 날궂이 하듯 가끔 한밤중에 촛대봉과 장터목 근처를 배회하는 허깨비들은 껍데기가 없는데, 이것들은 그 반대다. 사람이란 것들은 열등감으로 몸을 싸대고 두려움에 목소리를 높인다. 으르렁대는 위협에는 살기가 빠져있고 즐거워하는 탄성에는 경박함만 가득하다.

십여 년 전부터는 산에 오르는 것들 열 중 아홉이 사진사다. 산에 올라 찍는 건지 찍을라고 오르는지 유난히 플라스틱 쪼가리에 심취한다. 제 얼굴을 구겨 넣고 억지웃음을 짓는다. 아무 멋도 없는 계곡에, 나무에 조리개를 맞춘다. 정말 가슴이 시릴 정도의 장관은 사진에 담을 수 없다는 걸 이 무식한 놈들은 모른다.

하지만 사람이란 것들의 가장 큰 부덕은 소란이다. 저들만 언어가 있는 듯 쉴 새 없이 떠들어댄다. 물소리와 하늘소리, 숲 속 친구들 소리와는 이질적인 부산한 소음이 나는 너무 싫다.

왱왱거리는 새끼들과 한참이나 어린 암수들과 부대끼는 게 싫어 고지대로 올라온 지 50년째다. 태어나 십년 간 무리와 어울려 살며 내 의무는 넘치게 다 했다. 나는 그저 번잡하지 않은 조용한 안식이 필요한 오소리다. 또한 내가 유독 인간들의 소리에 예민을 떠는 이유다.

처음 인내를 맡았을 때 다른 길로 돌아야 했다. 따지자면, 아예 굴 밖으로 나오지 말았어야 했다. 햇살 냄새를 맡지 말았어야 했다. 생각 없이 내려온 게 실수였다. 한동안 너무 편하게 살았던 것 같다. 뭐, 이런들 저런들 지금이라도 피하는 게 상수다.

돌아서 몇 걸음 옮기지도 않았는데 와자지껄 소란하다. '야 기철아, 야, 저걸 잡아서 뭐해?', '어이. 국립공원 안에서 불법 포획, 채취는 징역 3년에 벌금 삼천이야! 잡혀가! 하지마!', '오빠, 잡을 수 있으면 잡아주라', '야. 야. 알았어, 내가 잡아 줄게. 저 놈 잡아 오소리감투를 만들어 줄께!', '하지마, 인마'.…

뭐? 오소리감투? 푸히히힛! 정말 오랜만에 보는 말종이다. 그런데 오소리감투를 아네? 나는 걸음을 멈추고 어떤 병신인지 확인한다. 짝눈에 입술이 얇은 덩어리다. 40 중· 후반으로 보이는 예닐곱 일행들 중에 제일 건장한 몸뚱이다. 왕년에 한가닥 했나? 난 실소를 흘리고 다시 걸음을 옮겼다. 뒤쪽에서 낙엽들이 버석거리고 잔가지가 부러지는 소리가 들렸다. 흙이 밀리고 돌덩이가 굴러가는 소리, 땀내가 섞인 역한 인내도 올라왔다.

정말 나를 잡겠다며 올라오고 있다. 어이가 없어 잠시 멈췄던 나는 다시 걷기 시작했다. 보폭을 조금 빨리 했다. 관목들을 헤집으며 열심히 쫓아오는 거친 숨소리가 들린다. 나는 그렇게 십여 미터를 종종 거린 후, 뒤돌아서 놈과의 거리를 쟀다. 그리고 놈을 향해 돌진했다. 이빨을 드러내고 서너 걸음 날 듯 뛰어오르며 달려드니 놈이 화들짝 놀란다. '어어, 이 새끼가…' 돌연한 공격에 적잖게 놀란 것 같다. 나를 잡겠다며 호기롭게 올라온 놈의 눈동자에 당혹함과 두려움이 어린다. 스틱을 휘두르며 예상 못한 현실을 벗어나려 했지만 어림도 없는 수작이다. 애처로운 반항이다. 네 깜냥을 알아야지. 어디 건방지게… 이빨을 쓰는 것도 낭비다.

난 내달린 기세 그대로 놈의 복부에 몸통을 부딪쳤다. 맘 같아선 가슴을 찢고 기어올라 목덜미를 물어뜯고 싶었으나, 뭐, 그 정도로 화가 난 것은 아니었다. 우리에겐 한 시절 공포와 혐오의 단어였던 오소리감투지만, 사람이나 우리나 지금 오소리감투가 뭔지 아는 놈이 얼마나 있겠는가. 나름 옛날을 아는 기특한 놈 아닌가. 그러니 목숨은 살려주겠다.

사실은 비린 게 안 땅겼는지도 모른다.

놈의 하복부를 오른쪽 어깨로 강타한 후 착지하는 순간 역한 냄새가 솟구쳤다. 똥내가 퍼지기 시작한다. 놈은 '억' 소리와 함께 힘겹게 올라온 비탈을 굴러 내려간다. 죽이려는 마음은 없었으니 죽든 살든 내 책임은 아니다. 뭐 그 정도 높이에서 굴렀다고 죽으면 그게 더 이상한 일이다. 하지만, 놈에게 부딪칠 때 감지한 공포의 농도로는, 아마 잘 하면 죽을 수도 있을 것이다.

아래쪽 무리에서 새된 비명소리가 터지며 어수선해지기 시작한다. 또 올라오는 놈이 있나, 잠시 놈들을 살펴봤지만 그럴 기미는 보이지 않는다. 앰블런스를 부르네, 마네, 허둥거리며 당황해하고 있을 뿐이다. 흙투성이가 되어 이마와 눈가가 찢어진 덩어리 놈이 부축을 받으며 몸을 일으키고 있다. 나는 다시 몸을 돌려 발걸음을 옮긴다. 써글, 안 뒈졌네.

*

성재는 원리 삼거리를 지나 친환경로에 접어들었다.

원리마을 표지석을 뒤로하고 직진한다. 덕천강 강변의 공사로 덤프트럭들이 분주하다. 삼장—금서 간 터널공사에 강변 공사까지, 성재는 산청군이 제대로 일을 벌인다는 생각을 하면서도 이 공사들이 그렇게 긴요하고 급한 공사인가 하는 의구심을 떨쳐내지 못한다.

초록색 이정표에 거창, 산청, 대원사가 찍혀있다. 열어 놓은 차창으로 풍절음이 요란하다. 바람이 제법 차네. 성재는 중얼거리며 창문을 올렸다.

지난 2월 이후 언제나 긴장하며 석남 사거리를 지난다. 반대

쪽만 주시하며 도로에 진입하는 사륜차를 발견하고, 제동거리가 짧아 갈지자 핸들링으로 간신히 사고를 면한 그날 이후, 성재는 석남 사거리께만 되면 절로 긴장이 되었다. 소로에서 대로로 나설 때는 먼저 좌우를 살피는 것이 상식 아니던가. 대체 그 할망구는 뭘 믿고 사륜차를… 머리털이 곤두섰던 성재는 사륜차와 경운기가 보이면 일단 속도를 줄인다. 좋은 습관이지만 스트레스다. 어쩌면 촌 생활 마지막 해에 그런 황당함을 겪은 것이 행운이라면 행운이었다. 서울의 지인들은 성재의 시골길 출퇴근 얘기에 '목가적인 낭만'이라며 드라이브를 부러워했지만, 성재는 한적한 시골길에 여유를 느끼는 사람은 타지의 행락객뿐이라며 모르는 소리 마라고 일침하곤 했다.

성재가 1년을 출퇴근 했던 길이다. 오늘은 의미가 남다르지만, 어쨌든 번거로운 일은 없었으면 한다. 성재는 도로 중앙선에 차의 미간을 맞춰놓고 달린다. 그리고 멀리, 넓게 시야를 유지한다. 오늘따라 유난히 한적하다.


송정마을 표석이 보인다. 삼장초등학교 앞의 과속방지라인을 지나 시속 30킬로미터로 규제하는 카메라에 최대한의 예의를 갖춘다.

몇 달 전까지 도로변 무질서한 주차로 차 한 대가 지나가기 어려울 정도의 길이 가을하늘처럼 시원하게 뚫려있다. 더위를 피해 소나무 숲 아래에서 바글대던 캠핑족이 빠진 송정 캠프장에는 서늘한 물소리만 흐르고 있었다. 성재는 엊그제 같았던 여름을 떠올리며 시간이 참 빠르게 흐른다고 느낀다.

이분 여를 올라가니 대원사 삼거리가 나온다. 반달곰, 명상마을 표지석을 지나 좌회전을 해 명상교를 맞는다. 명상이 정좌해 내면을 관하는 그 명상인지 모르겠다. 성재는 그 명상이라면 이건 웃긴다라는 생각이 들었다. 아무리 주위를 둘러봐도 명상거리는 없어 보인다. 뜬금없는 마을 이름인 것 같았다.

죽전마을로 들어서니 도로 좌우의 감나무 밭에는 수확이 끝난 빈 나무 아래마다 감 껍질이 한 무더기씩 쌓여 있다. 감나무 퇴비로는 감 껍질이 최고라는 아랫집 종수의 얘기가 떠올랐다. 제 몸에서 난 부산물이 제일 좋다라, 선뜻 이해가 가지 않은 성재였지만, 당시에는 의문 보다 긍정이 필요한 때였다. 그리고 이후, 적절한 설명은 하지 못해도 '감나무에는 감 껍질이 좋다'라는 경험적 결론에 성재 역시 동의했다.

산청군의 감 수확은 열흘 전에 끝났다. 감을 깎아 너는 것도 지난주에 이미 끝났을 터이다. 가속기를 살짝 밟자 차가 덜덜거리기 시작했다. 성재는 계기판을 살핀다. rpm 1700 정도다. 언제부터인지 rpm 2000이 채 안 되는 구간에서 차가 털털거리기 시작했다. 내년이면 10년째다. 성재가 중얼거린다. 머저리 주인 만나 네놈도 고생이 많다. 아무리 생각해도 바보 주인이 맞다. 그는 헛웃음을 내뱉는다. 미안한 느낌이 들었다. 5년 전 음주운전으로 전봇대를 들이받고 차를 병신으로 만들었던 일이 떠올랐다. 한 달 동안 정비소에 입고된 채 엔진을 들어내고 전체 프레임 교정을 했다. 그럼에도 조수석 앞바퀴의 휘어진 축은 끝내 고치지 못했다. 그때부터 지금까지 핸들을 놓으면 자연스레 오른쪽으로 향하는 상태지만, 휠얼라이먼트를 할 수 없는 차가 되었다. 뿐인가. 교체 이외는 답이 없는 문짝 부식, 변속기 교체로 인한 쿨럭거림, 마르고 거친 엔진음… 나름 관리를 했지만 돌이켜보니 중병의 임시처방만 했을 뿐이다. 온 몸에 흐르는 땟자국과 상처들, 내부의 쓰레기와 담뱃진, 산중턱 돌밭을 누빈 여러 흔적들…

소소한 케어는 하지 못했다. 며칠 전 엔진오일 교체 시 확인했던 범퍼 하단부의 깊고 난잡한 홈집들과 덮개의 파열은 누가 볼까 부끄러울 정도였다.

미안하다. 미안해. 차도 주인 따라가는 거지. 성재는 계기판에 노랗게 떠있는 돼지꼬리 경고등을 보며 사과를 한다.


가로수가 주목이다. 늦가을임에도 여전히 푸르다.

소막골 야영장 주차장에 도착했다. 삼장 탐방 지원센터라는 국립공원의 안내소가 보인다. 성재는 가속기를 힘주어 밟았다. 지쳐 골골거리던 화물형 SUV가 덜컥거리며 기어를 바꾼다. 좌

측 계곡이 깊어지고 있다.

우회전 좌회전, 굽이치는 산로는 2.5톤짜리 트럭 한 대가 들어서면 꽉 찰 것이다. 다행히 교차할 수 있는 여백의 공간이 간간이 마련되어 있기는 했다. 대원사에 가까워지자 못 보던 낙석 방지 펜스가 설치되어 있다. 지난 초여름, 좁은 산길에서 분주했던 공사차량들의 행적인 듯하다. 대원교를 건너니 계곡은 오른쪽으로 자리를 옮긴다. 길은 넓어지고 도로 중앙에는 일주문이 서있다. 세속의 번뇌를 털어내고 입장하는 도량의 첫 관문은 오름과 내림의 구별을 짓는 분리대 역할을 하고 있었다. 아니지, 수행자는 일주문을 지날 것이다. 성재는 일주문의 입지가 범부중생의 왕래를 위한 보리심의 발현일 것이라고 믿는다.

대원사에 정차한 후 약수를 떠 마셨다. 산물, 약수. 약수라… 무슨 의미가 있을까 싶지만 당장 목이 마르다. 성재는 새삼 기온이 많이 떨어졌음을 느꼈다. 청량한 가을 햇살과 무관한 매운 바람이 경내를 넘나들고 있었다.

주차장에 낙엽들이 몰려다닌다. 산청대로에서 경주하던 낙엽들처럼 바닥을 휘돌고 있다. 경주라기보다는 달리고 구르고, 사방으로 날뛰다가 바람을 타고 치솟고, 또다시 맹렬하게 바닥을 질주하며 휘돌아 치는 군무다. 성재가 산청에 터를 잡고 처음 본 광경 중에 하나다. 언젠가 서울의 아내는 그의 얘기에, 한낱 바람에 쓸려 도로 위를 뒹구는 낙엽들을 보고 무슨 '군무' 씩이나 하는, 거창한 애칭을 붙이냐며 웃었지만 그건 모르는 말이었다. 지리산의 바람은 도시의 빽빽한 시멘트 덩어리들 사이를 휘도는 칼바람이 아니다. 시청 광장을 우왕좌왕하다 차량에 밀려 덕수궁 돌담에 튕겨지는 매가리 없는 바람이 아니다. 도시의 피지皮脂들과 더러운 은행잎을 몰고 다니는 잡스런 바람이 아니다.

산청대로가 군에서 상대적으로 교통량이 많은 도로임은 분명하지만, 서울에 댈 것은 아니다. 절반 이상의 차가 시속 100킬로미터로 달리는 80킬로 제한의 도로이긴 하지만, 그들이 산청대로 위에서 너울거리는 바람에 영향을 끼칠 수는 없다. 낙엽들은 산청대로 위에서 깡충거리고, 줄달음을 치고, 하늘로 치솟으며 강강술래를 돌았다. 산청의 바람은 신명이 넘친다. 지리산을 넘나드는 천지간 숨들이 산청에서는 놀이판을 벌이는 것 같다.

대원사 주차장에서도 바람은 낙엽과 춤을 추고 있었다.


성재는 다시 차에 올랐다. 유평마을은 1.5km, 새재는 5.5km가 남았다는 표지판이 보인다. 유평마을의 펜션, 음식점을 알리는 표지도 나란히 서있다.

도로를 타기 시작하는 SUV의 우측으로 수십 미터의 아름드리 적송 몇 그루가 위엄을 드러낸다. 낙랑장송이라 했나. 수피

의 깊은 주름과 위로 갈수록 검붉어지는 백년송은 침묵의 위엄
으로 객을 맞이하고 있다.

　대원사 계곡은 옥빛으로 빛나고 있었다. 11월 중순의 맑은
하늘이 계곡의 속살을 비추고 있다. 아무렇게나 자리한 집채만
한 바위덩어리들도 배꼽을 드러내고 뒹굴고 있다. 이런저런 일
로 예닐곱 번은 왕래한 곳이지만 성재는 매번 처음처럼 감탄을
한다. 이백여 미터를 오르니 작년 초여름, 성재와 띠동갑인 백
선배와 피서를 했던 장소가 나타났다. 소위 역학易學을 하는 백
선배는 팬티바람으로 이층집만 한 바위에 가부좌를 틀고 명상
에 빠졌고, 성재는 햇살로 적당히 달구어진 너른 바위 위에서
몸을 굴리며 온기를 즐겼었다. '성재야. 알겠냐. 자고로 오래된
큰 바우엔 천지간 기가 응축되어 있는 거여. 특히 이 대원사 계
곡은 명불허전 지리산, 그것도 천왕봉의 기가 흐르는 명당이니
여기서 한 호흡 가득 담고 가야 쓰겠다'라는 것이 선배의 입선
게入禪偈였다.

　성재는 선배의 병명을 기억하려 애썼다. 무슨 골수염이라 했
는데 기억이 나질 않았다. 당시에도 그는 그냥 백혈병이라고 했
다. 그리고 바위에서 가부좌를 틀던 날은 마침 담당의가 통보한
잔여기간 6개월을 훌쩍 지난, 꼭 삼 년째 되는 날이었다고 했다.
백 선배는 며칠 전 무등산 정상이라며 동창회 단톡방에 자신의
사진을 올렸다.

선배를 생각하니 성재의 마음이 무거워졌다. 잘하는 짓인지 모르겠다. 정답인지도 모르겠다. 정말 내가 원하는 일인지, 회의감이 그의 가슴에 차오르기 시작했다. 성재는 머리를 흔들며 백 선배를 떨쳐냈다.

얼마 지나지 않아 회차 가능한 갑을 주차장이 나타났다. 이어 유평 탐방로와 새재의 갈림길이 나오고 치밭목 대피소 6.2km, 새재마을 3.9km 의 이정표가 보인다. 대원사에서 겨우 1.5킬로미터 올라왔다. 한참이나 올라온 것 같은데, 경관을 감상하다보니 그런 것 같다.

낼모레 반백 년이 되는 인생이건만 겨우 서른 줄로 들어선 성취밖에 이루지 못한 성재 자신의 처지와 겹쳐졌다. 계곡과 단풍에 홀리듯 그렇게까지 한눈팔지는 않았는데…

아직 더 올라야 한다. 외길 양편으로 늘어선 유평마을의 상점들이 눈에 들어온다. 문득 모친의 얘기가 떠올랐다.

진주 사람들은 아이가 애를 먹이면 덕산에 버리고 온다며 겁을 줬단다. 그럼 울던 애들이 울음을 멈추고 고분해졌다고 한다. 그런데 덕산 사람들도 마찬가지로 자식들이 고집을 부릴 때면 저어기 대원사 화전촌에 버리겠다고 으름장을 놓았다고 한다. 진주에서는 지금의 시천면인 덕산이 100리길 골짝을 넘어 들어가는 깡촌이었고, 그 깡촌 사람들한테는 삼장면 대원사 위의 화전촌, 지금의 유평마을이 산골 구석 중의 구석이었던 거다. 하지만, 그 화전마을은 이미 펜션촌이 되어버린 지 오래다. 진주에서 유평까지 두 시간이 채 걸리지 않는 요즘에는 아이들을 어디로 버린다고 할까. 성재는 한가로운 의문이 들었다. 한편으로는 육십여 년 전의 이곳은 어땠을까 궁금하기도 했다.

오전의 햇살에 온기가 더해지고 있었다.

마을을 지나 몇 분쯤 올랐을까. 한 무리의 등산객들이 웅성거리고 있다. 체격이 좋은 중년 남자 하나가 부축을 받으며 마을 쪽으로 내려오고 있었다. 낙상을 한 모양이다. 그런데 낙상이라면 계곡 쪽에서 일이 났을 것인데, 그렇다면 저렇게 걷는 건 불가능할 거다. 성재는 차로 이송해줄까 잠시 갈등했지만, 그냥 모른 척 하기로 했다. 일행을 태울 공간도 없을뿐더러 무슨 오지랖이냐 싶었다. 성재는 차를 한편에 대고 그들의 동선을 확보해주었다. '그게, 그냥 짐승이 아닌 거여, 눈빛이 한 백 년은 묵은 것처럼 보였다니까, 어이구…', '야 인마, 애도 아니고, 그걸 뭐하러 잡겠다고 객기를 부려 이 사단을 만드냐.', '하하. 저거, 아직 철이 안 들었어!' 지나치는 남자들의 얘기가 차창을 밀고 들어왔다. 뭘 잡으려고 비탈을 올라갔군. 내 또래인 것 같은데 아직 기운이 넘치나 보다. 성재는 기분이 더 가라앉는다.

삼거리 자연마을 안내표지가 나온다. 일하상회 주차장을 지나 백여 미터 전진하니 기압차로 귀가 간질거리고 먹먹해진다.

해발고도 563미터.

새재교를 지나니 계곡은 다시 왼쪽으로 자리를 옮기고 조금 가파른 오름길로 진입한다. 성재는 적당히 긴장하며 차를 감속한다. 좁고 가파른 외길인데 위에서 뭣이라도 내려오면 여간 귀찮아지는 것이 아니다.

도로의 끝이 보인다. 해발고도 710미터.

길이 끊어지는 위로 펜션 하나가 서있다. 하늘 아래 첫 번째 여관이란다. 백여 미터 아래 펜션의 간판에도 하늘 아래 첫 번째라고 적혀 있었다. 새재마을은 매년 하늘과 가까워진다.

성재는 조개골 산장 밑의 공터에 차를 주차했다. 지리산 골짝에 조개골이 무슨 뜻인지 궁금했지만 신경을 끈다. 그거 안다고 새롭게 변할 것은 없다. 슬리퍼를 운동화로 갈아 신고 점퍼를 접어 백팩에 집어넣었다. 건너 식당의 수족관이 그의 눈에 들어왔다. 민물 잡어를 파는 가게의 수족관에는 독중개, 쉬리와 산천어, 피라미들이 헤엄을 치고 있었다. 시장기를 느꼈지만 역시 욕망을 접는다. 찬 것 보다는 빈 것이 여러 사람 편하게 할 것이라는 생각이 들었다.

자. 이제 오르기만 하면 된다.

성재는 천왕봉 8.8km라는 도로 이정표의 화살을 따라 오솔길로 접어들었다.

원래 우리는 낮에 사냥하는 것을 즐기지 않는다. 천생이 눈이 어두워 주로 밤에 청각과 후각을 이용해 사냥을 한다. 하지만, 나처럼 한 60년 살다보면 눈이 어둡다는 것에 별로 영향을 받지 않는다. 확실히 무리를 떠나 홀로 유유자적하니 스트레스를 덜 받는가, 몸 상태가 많이 좋아졌다. 물론 내가 정상이라고는 생각지 않는다. 오소리들은 무리생활이 기본이다. 그리고 나처럼 오래 사는 놈도 없다.

시러배 잡놈 하나를 내꽂은 후 고구마에 대한 열망이 사라졌다. 조 씨네 고구마 밭까지 다시 내려가기도 귀찮아졌다. 그렇다고 도로 굴로 돌아가는 것도 마음이 내키지 않았다. 마실 겸 오래간만에 왕봉에 있는 굴에서 쉬는 것도 나쁘지 않겠다는 생각이 들었다.

나는 계곡을 타고 왕봉을 향했다. 그리고 운 좋게 새재어름에서 꽃뱀을 한 마리 잡았다. 살모사보다는 감칠맛이 덜하지만, 그냥저냥 먹을 만했다. 물론 들쥐 보다는 훨씬 고급스런 먹이다. 한 마리를 그 자리에서 다 먹어 치웠다. 포만감으로 기분이 좋아졌다. 1미터가 넘으니 꽃뱀치곤 크기가 꽤 큰 편이었다. 이놈도 조금 묵은 놈 같아서 미안하긴 한데, 할 수 없는 일이다. 겨울로 들어서는 계절에는 뭐든 보이면 보이는 대로 먹어야 한다. 몸을 채워야 한다.

나한테는 고마운 일이지만, 남들 다 동면하러 기어 들어간 판에 혼자 중뿔났다고 나댕긴 유혈목이 니도 책임은 있다.

배를 채우고 나니 슬슬 졸음이 밀려왔다. 난 왕봉의 굴로 가겠다는 계획을 조금 수정했다. 한숨 자고 가자.

난 적당한 굴을 찾아 산을 올랐고 얼마 안 가 낙엽송 아래 바위 틈새에서 적당한 자리를 찾았다. 잠이든 지 얼마나 됐을까. 심한 비린내와 부스럭 거리는 발자국 소리에 잠이 깼다. 모른 척하고 다시 눈을 감는데, 콧속을 파고드는 냄새가 여간 신경이 쓰이지 않는다. 처음엔 사람 비린내만 났는데 맡을수록 여러 가지 냄새가 섞여 있는 거다. 까마귀 냄새도 나고, 바위 냄새도 나고, 오소리 냄새도 났다. 그러고 보니 그 허깨비 냄새도 섞여 있었다. 어? 이 냄새는?

난 조용히 몸을 일으켜 냄새의 진원지를 확인했다. 오전에 들이받은 놈과 비슷한 덩치의 중년이 올라오고 있었다. 빨리 정상에 오르기 위해 열심히 산을 타는 것은 아니다. 그렇다고 사진을 찍느라 여기저기 카메라를 들이대지도 않는다. 그저 바닥만 노려보며 일정한 속도로 걸음을 옮기고 있었다. 몸을 숨긴 바위 옆으로 지나가는 놈의 얼굴을 보니 눈 밑으로, 코 밑으로 깊은 팔자주름에 어두운 그늘이 져있다. 더럽게 생긴 얼굴이다. 가까워진 놈에게서 비릿한 인내와 썩은 비자나무 향 같은 허깨비 냄새가 진하게 풍겨왔다. 참, 너무도 오랜만에 맡아보는 냄새다. 이십 년도 넘은 것 같다. 그때 비슷한 냄새를 피우던 놈은 촛대봉 인근에서 목을 맸었다. 바위 옆을 지나던 놈이 멈춰 섰다. 놈이 나를 볼 수 있는 위치는 아니다. 놈은 잠시 두리번거리더니 담배를 하나 꺼내 물고 불을 붙인다. 그리고 다시 오르기 시작했다. 이 썩을 놈이, 국립공원 안에서는 금연인 것도 모르나. 암튼 제대로 된 놈들이 없다니까.

내 눈은 초롱초롱해졌다. 그러잖아도 오전에 그 잡놈이 죽지 않은 게 조금 아쉽기도 한 참인데, 이렇게 제 목숨을 버리려고 하는 놈이 나타났으니 어찌 흥분하지 않을 수 있겠는가.

나는 몸을 두어 번 털고 기지개를 켠 뒤 놈을 따라 나선다. 아마 재밌는 구경을 할 수 있을 것이다.


한 시간 이상 걸은 것 같다. 군 시절 산악 행군 기준이 1시간 5킬로였으니, 그래도 한 3킬로는 오지 않았을까. 성재는 가쁜 숨을 몰아쉬며 걸음을 옮겼다. 조금 무리하게 몸을 움직일 때면 이제 다 된 것 같다는 생각이 든다. 모든 게 쇠락하고 있다.

어디쯤인지 감을 잡을 수 없다. 성재는 스마트 폰으로 위치를 확인해볼까 하는 마음이 들었지만, 외길인데 어디로 샐까 싶어 생각을 접는다. 낙엽송들이 군데군데 서있다. 바람을 타고 누런 잎새들이 떨어지고 있었다. 바람의 춤은 볼 수 없다.

바위 무더기 한 곳을 지나가던 성재는 문득 이질적인 온기를 느낀다. 따뜻한 미풍 같은 온기. 환하게 햇빛이 내리는 곳이 아닌데, 왼쪽 볼을 어루만지듯 스치는 온기를 느꼈다. 뭐지? 성재는 걸음을 멈추고 주위를 둘러본다. 온기를 뿜을 만한 것은 아무것도 보이지 않았다. 분명히 따뜻한 바람이었는데….

성재는 담배를 한 대 물고 다시 걸음을 옮겼다.


어렴풋이 잡히던 하늘이 정상에서 빗장을 열었다.

청명하기 그지없는 날이다.

뛸 때 뛰더라도 시야에 들이치는 장관을 밀어낼 필요는 없다.

지리산은 땅에서 가을을 빨아 하늘로 내뿜고 있었다.

여기가 남쪽이겠구나. 저게 덕산인가? 이쪽은 산줄기, 발 아래 산맥들이 굽이치고 있다. 낮은 구름 한 무리가 부유하고 있다. 해발 1915미터.

성재는 지리산 천왕봉의 정상석을 쓰다듬어 본다. 백두산, 한라산과 함께 3신산의 하나다.

삼 대의 덕을 쌓아야 일출을 볼 수 있다는 지리산 천왕봉이다. 성재는 이십여 년 전 대학 동기들과 천왕봉에서 일출을 맞았던 당시의 감동이 생생하게 살아남을 느낀다.

성재는 정상의 매서운 바람 속에서 온기를 느낄 수 있었다. 더불어 이 자리가 바람의 춤이 시작되는 곳이라는 확신을 한다. 생장의 톱니들이 잠시 멈춘 지리산의 가을이다. 전라도와 경상도에 군림하는 왕의 봉우리다. 휘돌고 치솟는 바람은 최대한의 경의로 하늘 왕봉을 지난다.

천왕봉 아래 세상 유정有情들의 번뇌가 웅얼거리고 있다.


성재의 머릿속이 비워지고 있었다.


*


대여섯 무리의 산객들이 저마다 사진촬영에 여념이 없다. 하지만 아무도 나를 알아채지 못한다. 나는 지금 왕봉에서 내려가는 중이다.

뭐, 나도 간만에 오르니 기분이 상쾌해지긴 했지만, 소득 없이 내려가는 것에는 조금 짜증이 난다. 놈을 꾸준히 쫓아 왕봉의 정상까지 올랐지만, 역시 사람이란 것들은 믿을 수 없는 놈들이다. 그리 쉽게 돌변할 줄 누가 짐작이나 했겠는가.

놈의 냄새가 왕봉 정상에서 완전히 없어져버렸다.

퀴퀴하게 놈을 싸고 돌던 허깨비 냄새가 어디론가 다 사라졌다. 그리고 하늘내와 흙내가 섞인 싱그러운 향이 나기 시작했다. 이래서 인간이란 것들은… 써글… 뭣이든 마음을 냈으면 끝장을 봐야지. 그새 마음이 바뀌냐. 이러니 인간놈들은 발전이 없는 거다.

난 툴툴거리며 새재 마을로 들어섰다. 바람은 더욱 차가워지고 햇살은 사라지고 있었다. 어둠이 내리며 사지에 힘이 뻗친다. 한편으로는 수면 부족을 느낀다. 이젠 늙어서 이틀 밤을 새우는 것도 힘들어졌다. 나는 걸음을 멈췄다. 이대로 사냥을 할 것인지, 갈등이 생겼다. 이미 산 그림자로 어두워진 계곡에는 휑한 바람과 냉기만 흐르고 있었다.

배도 안 꺼졌는데, 뭐하러 힘을 쓰냐, 들어가 자자. 이제 손님도 가실 거 같으니까… 나는 굴을 향해 발걸음을 빨리 했다.


지리산의 늙은 오소리에서 몸을 뺐다. 웃기는 개체다. 놈은 이미 마음만 먹으면 언제든지 제 본질에 대한 각성을 할 수 있었다. 우연찮게 입산하게 된 지리산에서 꽤나 훈훈했던 에너지를 느껴 의심 않고 들었더니, 생각 보다 더 웃기는 놈이었다. 아직 제가 원하는 조용한 안식을 얻지 못한 것에 심하게 집착을 하고 있다. 하지만, 조용한 안식이 목표라면 이미 삼십 년 전에 그 목적을 달성했을 것이다. 놈은 그냥 즐기고 있었다. 대부분의 본질은 세상의 흐름과 자신의 본성을 깨닫게 되면, 굳이 인위적인 인과를 만들지 않는다. 그 행위가 자신의 본질과 세상에 자연스럽지 못하다는 것을 체득하게 된다. 하지만, 의뭉스러운 놈이다. 내가 의탁하는 것을 알면서 끝까지 모른 척 했다.

그리고 그 인간 놈도 사실은 죽을 마음이 없었다.

성재는 구곡산의 집으로 들어섰다. 치밭목 대피소에서 일박을 하고 하산했어야 하는데 그러지 않았다. 낯선 이들과 섞여 대화를 하고 싶지 않았다. 모르는 이의 코골이를 들으며 자고 싶지 않았다. 다행히 천왕봉에서의 회열과 삶에 대한 욕구는 아직 식지 않았다.

차를 주차하고 대문의 자물쇠를 풀었다. 현관의 센서등이 환하게 성재를 맞는다.

별빛 달빛도 없는 거실은 바깥보다 더 어두웠다. 거실의 냉기가 몰려와 성재를 반긴다.

춥다. 그는 전기장판에 전원을 넣고, 들통에 물을 가득 채워 가스레인지에 올려놓았다.

냉장고를 뒤져 소시지 두 개를 찾았다. 그리고 김치 한 종지와 단무지 몇 개. 식탁 위에 있던 소주는 충분히 차가웠다.

소주 한 병이 들어가니 한결 살 것 같았다. 속에서 열이 올라온다. 엉덩이도 뜨듯하니 외풍도 견딜 만 했다. '어이구 이제야 살 것 같네.' 성재는 혼잣말을 내뱉는다.

머릿속이 몽롱해지고 있었다. 씻어야 되는데… 들통의 물이 끓고 있다.

'어쌰.' 성재는 기합소리를 내며 힘차게 일어났지만, 이내 허벅다리를 쥐고 주저앉았다. 뻐근하게 대퇴근이 뭉쳐지며 통증이 밀려왔다. 가스레인지 위에서 덜컥거리는 뚜껑소리와 김 빠지는 소리가 이중창을 내고, 뿌연 안개처럼 수증기가 뭉실 거린다. 성재는 절뚝거리며 불을 끄고, 다시 장판 위에 널브러졌다.

씻어야 되는데… 족히 4미터가 넘는 천장이 성재의 눈앞으로 떨어져 내리고 그는 실신하듯 잠에 빠져들었다.

새벽 3시가 넘었다.

티비에서는 한 무리 사람들이 모여 앉아 연신 웃고 떠들고 있다. 한물 간 연예인들과 본업이 무엇인지 모를 의사, 교수, 전직 기자라는 사람들이 세상 살아가는 법이며 인간관계의 기술을 엄청난 지혜라도 가르치는 듯 요란을 떨고 있다.

성재는 추위와 요의에 눈을 떴다. 허벅지에 쥐는 다 풀렸다. 참 어지간히 지랄들 하네, 그는 티비의 채널을 돌리고 바지춤을 풀며 화장실로 향했다. 겨우 소주 한 병에 떨어지다니, 정말 다 됐다. 들통의 물은 이미 차갑게 식어 있었다.

아무리 그래도 씻어야지, 성재는 들통에 다시 불을 넣고 옷을 갈아입었다. 냉랭한 새벽 기온에 기침이 터져 나온다.

스마트폰이 껌벅거리고 있다. 천왕봉으로 떠나기 전 무음으로 설정한 상태 그대로다.

애들 엄마, 큰아들, 동창, 카드회사… 대여섯 개의 메시지와 네 개의 부재중 전화가 와 있었다. 카톡과 밴드에는 확인하지 않은 소식이 300여 개다.

왜 전화 안 받느냐는 짜증 섞인 아내의 문자와 동창회 모임 일정을 알려주는 문자, 어머니가 전화 달래요 라는 아들 놈 문자를 일일이 확인한다. 답신을 주기에는 너무 이른 시간이다. 카톡과 밴드는 확인하지도 않았다. 성재는 삶을 노래하는 지인들의 신변소사를 접할 때마다 박탈감을 느끼고 움츠러들었다.

스마트폰을 충전기에 연결한 성재는 소주 한 병을 더 꺼냈다. 싱크대에서 라면 하나를 찾았다. 스프가 굳어 있었지만 별 문제는 없어 보인다. 소주 한 병이 비워질 즘 들통의 물이 끓었다. 뭐 10분이면 다 마실 거다. 성재는 불을 끄고 술잔을 입에 털어 넣었다.

멀리서 앰뷸런스의 다급한 소리가 들렸다. 그리고 음절의 끊김이 다른 경고음도 여럿 섞여 어우러졌다. 오전 네 시다. 새벽으로 넘어가는 정적 속에서 앰뷸런스의 비명은 선명하고 불안하다.

무슨 사고가 크게 난 것 같다.

성재는 이층 베란다로 올라가 저잣거리를 살폈다. 편의점 부근에서 여러 개의 경광등이 번쩍이는 게 보인다. 직선거리로 대략 1.5 킬로미터 쯤 떨어진 곳이라 편의점 부근인지 농협 근처인지 확실하지 않았다. 하지만 인근 상가의 불이 들어오는 것을 보니 어지간히 큰 사고인거 같다. 성재는 혀를 차며 방으로 들어왔다.

*

성재는 차에 시동을 걸고 커피를 한 잔 끓였다. 이미 동이 트고 주위가 훤했지만, 차의 앞창에는 서리가 뿌옇다. 털털거리며 SUV가 마당을 벗어나자 곳곳에 패인 산길이 성재를 흔든다. 백여 미터 산길을 지나 포장도로에 접어들었다.

종수의 집 앞에 여러 대의 차가 주차되어 있는 게 눈에 들어왔다. 트럭 한 대는 비상등을 켜고 주차할 곳을 찾아 후진하고 있었다. 연한 녹색의 더블캡, 짧은 적재함. 성재보다 한 살 많은 종수의 둘째 형이다. 성재는 핸들을 틀었다. 무슨 일인지 모르지만 혼잡한 종수네 앞길을 지나기보다, 샛길로 돌아가는 게 현명할 것 같았다.

감을 깎아 걸어 넌지 얼마 안 됐으니, 아마도 도매상이나 종수 와이프의 친구들일 것이다.

종수의 아내는 베트남 여인으로, 종수와 결혼해 딸 둘과 아들 하나를 낳았다. 종수는 전형적인 경상도 남자다. 하지만 술 담배도 안하고 도박이나 잡기에는 흥미가 없는 가정적인 남자다. 성재가 가끔 한잔 하자고 연락하면 막걸리를 사들고 와 정작 자신은 물만 먹고 내려가곤 하는 친구다.

종수네 곶감과 말랭이는 동네에서도 품질 좋기로 소문이 났다. 도매업자, 소매업자들은 종수네 곶감이 채 만들어지기도 전에 전체 물량의 2/3가량을 선매입으로 계약한다. 말랭이는 전체 물량을 선매한다. 성재 역시 몇 년 전부터 종수의 곶감을 지인들에게 유통하고 있었다. 이문이라고 해봐야 이삼천 원을 남길 뿐이었지만 앞으로 생산될 자신의 곶감을 팔기 전에 밑밥을 던지는, 마케팅의 일환으로 생각했다.

지난주에 감을 땄으니 미처 깎지 못한 감을 깎거나 선매입하는 도매업자들이 방문했을 것이다. 둘째 형님까지 왔으니 어지간히 일이 많거나, 도매상들과의 물량 관련 상담인 것 같았다. 종수네 3형제 중 둘째 형은 같은 동네에서 곶감 농사를 짓고 있다. 하지만, 수확철에는 서로 간에 같은 사정으로 얼굴을 보기 힘들다. 손이 부족해 밤을 새워 감을 깎곤 하기 때문이다. 종수는 손이 부족할 때면 주로 아내 친구들과 그 남편들을 일당으로 고용했다. 의외로 조그만 산골 동네에 한국남자와 결혼한 베트남 처자들이 적지 않았다. 성재 역시 일손이 없다고 하면 종수네 작업장에서 자신이 주문받은 물량을 직접 선별, 포장하고 택배를 보낸다.

'아! 말랭이 얘기를 못 했네…'
작년에 말랭이를 구입했던 초등학교 동창들의 예약 물량이 있었는데, 종수에게 얘기해놓는다는 것을 잊었다. '잊은 게 아니지. 다만 얼마라도 줘야 물건을 빼놓지, 현금으로 들이미는 놈들한테 없다고 안 줄 리가 없잖아.' 성재는 한숨을 쉰다.

천왕봉에서 말끔해진 가슴속에 자갈 하나가 박혔다.


하늘은 맑은데 천왕봉은 보이지 않았다. 천왕봉의 머리와 어깨를 흰색 여우목도리 같은 구름이 덮고 있었다. 차창 너머 하늘에는 구름이 없건만 유독 천왕봉에만 내려앉아 있었다.

쌕쌕거리는 차가 홍계상촌을 지나 밤머리재로 접어든다.

삼장 금서 간 터널 공사가 한창이다. 10km 거리의 고개를 넘어 다니는 것은 시간소요나 기타 여러 가지 이유로 비효율적이긴 하지만, 얼마나 효율적인 군정과 군민의 편리를 위해 굴을 뚫는 것인지 성재는 영 마음에 들지 않았다. 시천면에서 산청읍까지는 밤머리재를 넘어가면 25km, 백운계곡을 돌면 27km 거리다. 이리 가나 저리 가나 30km 안이다. 시속 60으로 정속주행을 해도 30분이면 갈 거리다. 지리산 자락의 삶도 엄청 바쁜가 보다… 시간은 얼마나 단축되는지, 성재는 터널이 완공되면 체크를 해봐야겠다고 생각했다. 그리고 조금 당혹스러워졌다. 전날 천왕봉으로 갈 때와 다른 모순적인 감상이었다. 전입신고 후 산청사람이 된 지 3년, 올 한 해 매일 밤 머리털을 세우며 고개를 넘나들면서도, 세상 편한 터널을 만들어주는 데 반감을 갖다니, 난 아직도 도시 사람이구나.

밤머리재의 7부 능선에서 270도의 우회전을 하자마자 25톤 덤프의 엉덩이가 나타났다. 성재는 급하게 감속을 하며 덤프를 피해 중앙선을 넘어 추월했다. 핸들을 틀며 반대 차선을 확인 못한 것이 불안했지만, 다행히 내려오는 차는 없었다.

밤머리재 전망대를 지나 금서면으로 접어드니 가로수로 조성된 단풍잎들이 빛을 발했다. 그늘임에도 잎새들은 청홍淸紅으로 빛나고 있었다. 언제 봄이 왔는지, 여름은 어떻게 갔는지 눈길 한 번 주지 않고 길만 보고 다녔던 성재에게 가을의 단풍이 밀려들었다.

5초간의 직진도 없는 구절양장의 내리막길에서 도로에만 모든 신경을 집중하는 성재의 망막에 청홍, 청황, 진홍, 주홍의 색 무리가 덮쳐들었다.

'하, 단풍이 기가 막히네… 천왕봉에서 영접한 장엄의 조각이로구나…'

성재는 탄성을 발하며 차량의 전면이 단풍으로 물드는 것을 즐겼다.

「뿌웅―」

굵고 거친 경적이 성재의 귀를 때렸다. 성재는 색 무리 속에서 튀어나온 트럭을 피하며 다시 정신을 찾았다.

하루가 어찌 갔는지 기억이 없다. 저녁 아홉시, 보습학원의 오뉘를 지막마을 집 앞에 내려주고 성재는 전화를 한다.

"그래, 그래. 그럼 병원에 가봐. 얼마라구? 내일까지 맞춰 보낼게ㅡ. 응. 애들 체육관 빠지지 못하게 하고. 알았어."

막내가 치과를 가야 하는데 잔액이 모자를 것 같다는 애 엄마의 걱정이 귓가에 맴돈다.

성재는 담배를 꺼내 물었다. 언제쯤 돈에 쪼들리지 않는 살림이 될지 모르겠다.

그래도, 아직 죽을 정도는 아니다. 성재는 애써 기운을 내본다.


시천면에 접어들었다.

집으로 올라가는 길목, 종수의 집에 조등弔燈이 걸려있었다. '허. 어머님이 돌아가셨나?' 성재는 만날 때마다 모친의 건강을 걱정하던 종수가 떠올랐다. 현관 앞 차고에는 종수의 트럭과 아내의 마티즈도 보이지 않았다.

성재는 차를 한 켠에 세우고 종수에게 전화를 했다. 전화를 받을 수 없다는 메시지가 돌아간다. 성재는 현관 유리창을 두들기며 종수를 불렀다. 반응이 없어 돌아서는데 인기척이 들렸다. 눈이 충혈 된 초로의 여자가 현관문을 열고 나타났다. 한 달 전인가, 인사를 했던 종수의 장모다.

무슨 일이 있느냐, 저 조등은 뭐냐고 물어보니 그녀는 눈물을 흘리기 시작했다. 그리고 어눌한 말투로 힘들게 대답했다.

'죽었어. 종수가 죽었다.'

**병원이라고 했다. 성재는 바로 차를 돌려 진주로 향했다. 갈아입을 옷도 없긴 했지만, 패딩 안에 하늘색 티셔츠가 조금 걸렸다. 어두운 색도 있는데…

성재는 농협에 차를 대고 돈을 찾았다. 3만 원을 빼니 잔액이 2천 원 남는다. 너무 적다. 정리상 10만 원은 해야 할 것 같은데…, 신용카드고 뭐고 전부 애들 엄마한테 있으니 도리가 없다. 그렇다고 현금서비스를 받아 돈을 부치라고 할 처지도 아니다.

'씨팔, 어휴…' 성재는 쌍욕과 함께 한숨을 터뜨린다.

종수는 교통사고로 사망했다.

새벽에 요란하게 동네를 깨웠던 앰뷸런스는 종수를 이송키 위한 것이었다.

종수의 아내는 넋이 나간 채 아이들을 안고 있었다.

성재는 종수의 둘째형에게 사고 경위를 들었다. 부산에서 친척 일을 도와주러 온 젊은이들이 만취상태로 운전을 하다 종수의 차와 정면충돌을 했단다. 그 일행도 세 명 중에 한 명은 즉사하고 두 명은 중환자실에 있다고 했다. 종수는 옥종에 있는 감나무 밭에서 늦게까지 일을 하고, 컨테이너에서 잠이 들었다가 귀가하는 중이었다고 했다. 아니, 감도 다 땄는데, 무슨 밭일이 남아 있느냐, 일이 있다고 해도 무슨 밤까지 일을 하냐. 그리고 바로 집에 오지 않고, 무엇 때문에 자고 왔는지, 성재의 물음에 종수의 형도 모르겠다고 했다. 그렇게 밤늦게까지 일 할 게 없었다고, 점심 먹고 감 이삭 중에 쓸 만한 거 챙기겠다고 나갔다는데, 무슨 영문인지 모르겠다고 어이없어 했다. 더구나, 작업용 임시창고로 쓰는 컨테이너에서 잠이 들었다는 것도 알 수 없는 일이라며 한숨을 쉬었다. 성재 역시 평소 종수의 생활습관과는 너무 달라 이해하기 힘들었다. 가슴이 헛헛해지고 기운이 빠졌다.

밥 한 술 뜨고 가라는 형과 노모의 권유를 사양하고 성재는 시천으로 돌아왔다.

술이 몹시 당겼으나 귀가를 생각하면 엄두가 나지 않았다.


산다는 게 뭔지, 살아가는 게 뭔지… 며칠 전까지 성재를 나락에 주저앉혔던 우울한 어둠이 다시 피어오른다. 멀쩡한 직장을 때려치우고, 겁도 없이 귀농을 하고, 또 취직을 하고… 언젠가 아내가 하던 말이 머릿속을 맴돈다.

'이번 생은 망했어, 애들이나 키우는 걸로 끝이야.'

"타이머를 연속으로 해놨구나. 후, 머리야… 이거 너무 지끈거리네…"

성재가 눈을 뜬 새벽. 시계를 보니 세시 이십분이다. 이틀째 세 시 참에 잠을 깨고 있다.

참나무를 흔들고 억새를 비비는 바람 소리가 유난히 신경에 거슬린다. 티비에서는 70년대 서부영화가 돌아가고, 온풍기 옆에는 한 컵을 채 못 마신 담금주에 그리마 한 마리가 빠져있었다.

현관의 센서등이 절로 불을 밝힌다. 성재는 힐끗 일별한다. 현관등은 가끔씩 저렇게 혼자 점멸한다. 날벌레가 센서 앞에서 장난을 치나보다. 그런데 아직도 날벌레가 있나?

성재는 이불을 뒤집어쓰고 티비를 응시한다. 불현듯 한 줄기 냉기가 뒷덜미를 파고 들어왔다. '어, 추워,' 성재는 뒤집어쓴 이불을 바싹 잡아당겼다.

성재는 티비에서 눈을 떼지 않았다.

웅크린 채 미동도 않는 그의 시선은 티비를 지나 벽 너머에 꽂혀 있었다.

이틀 만에 단풍이 다 죽었나보다. 청명淸明했던 잎사귀들이 모두 탁색을 띄고 있다.

정오를 막 지난 시간, 하늘은 구름 한 점 없다.

그야말로 맹추孟秋인데, 어찌 하루 새에 색이 바랬는지 성재는 믿을 수 없었다.

'이럴 수가 없는데, 나한테 백내장이 생겼나?'

정상에서 덤프 하나를 추월하고 대여섯 번의 굽이를 돌았다. 성재는 두리번거리며 단풍을 찾았다. 아슴푸레 100여 미터 앞에 선명한 빛이 보이는 것 같다. 투명한 핏빛의 깨끗한 단풍 무리가 눈에 들어왔다. '그렇지. 벌써 마를 리가 없지!' 성재는 내심 쾌재를 부르며 가속기에 발을 올려놓았다.

진홍, 주홍 청명하게 빛나는 단풍 사이로 들어서는 성재의 귓전에 다급한 경적이 아스라이 울려 퍼졌다.

*

재수가 있다고 해야 하나 없다고 해야 하나.

세 번의 의탁에서 두 개체가 제 본질을 봤으니 애매하다.

편하게 지내려는 목적이 전부는 아니지만, 너무 자주 옮기는 것도 불편하다.

두 개체가 다 터프하게 옷을 벗어 버렸다.

멍청한 인간 놈은 아직도 어리버리 헤매고 있다. 뭐. 지 알아서 할 일이다.

단풍이 곱긴 하다. 구구절절 지저분한 생체계의 구조에도 가끔 이런 미덕이 있다.

그리고 이 코딱지만 한 땅덩어리에, 지리산은 꽤 명산이다.

자, 이제 어디로 가볼까.

그곳에 그가 있었다

1

탑차가 헐떡거리며 오르막길을 올랐다.

3·4층짜리 나지막한 빌라와 다세대건물이 대부분인 주택가에, 15층 아파트는 혼자 우뚝하니 서있었다. 차가 진입하자 아파트 입구의 차단막이 올라간다. 강 선생은 운전석 창을 내리며 경비실을 향해 고개를 숙였다. 주름이 깊게 팬 중년사내가 손을 흔들며 아는 체를 했다. 기어를 변속한 강 선생이 조심스레 과속방지턱을 넘으며 조수석을 돌아본다.

"최호기 어르신이 오늘은 상태가 괜찮다는데, 어떨지 모르겠네요."

"난 그 양반 상태가 좋은 게 더 힘들어. 그냥 집에서 하는 게 좋은데…"

"그야, 저도 그렇죠. 아무튼 먼저 올라가세요. 세팅하고 바로 갈게요"

탑차가 출입구 옆 인도에 바퀴를 걸치고 멈춰 선다.

요양보호사 이 선생이 떨떠름한 표정으로 대상자 파일을 챙겼다.

강 선생은 차량 탑의 우측면에 내장된 컨트롤박스를 열고 문짝사이에 처박힌 연장선을 꺼내 경비실로 향했다. 경비실의 콘센트에 플러그를 꽂고, 인도 쪽으로 바싹 붙여 전선을 풀었다. 연장선에 컨트롤 박스의 전원을 연결하고, 아웃트리거를 내려 지면과 목욕차의 평형을 맞춘다.

보일러의 스위치를 올리자 가스가 연소하는 소리가 들렸다. 강 선생은 재차 보일러의 전원 램프를 확인하고 물탱크 위에 배수호스를 꺼내 탑 하단부의 출수구와 연결했다. 10여 분, 차량 안팎으로 분주하게 움직이던 강 선생은 리프트에 안전바를 설치하면서 목욕차 세팅을 끝냈다. 물탱크의 수온은 섭씨 38도. 양호하다. 강 선생은 직수관의 밸브를 열고 손을 씻은 후 1203호로 올라갔다.

현관으로 이어지는 좁은 통로에서 이 선생이 진땀을 빼고 있었다. 신문더미며 소품진열대가 휠체어의 동선을 방해하고 있었다.

"이 선생님, 잠깐만요. 혈압하고 체온 확인 하셨어요?"

"그럼 다 했지. 괜찮아. 어머님 말씀대로 오늘은 차에서 할 수 있겠어."

처음과 다르게 이 선생의 음성에 생기가 돈다.

휠체어에는 침대 시트로 온몸을 두른 피골상접한 노인이 다소곳이 앉아 있었다. 포대기에 싸인 늙은 아기다. 현관 앞의 작은방에서 노인의 아내가 빨랫감을 한 아름 안고 나왔다.

"강 팀장 왔어? 오늘도 고생하겠네."

그녀는 노인의 체액과 소변에 절은 옷가지들을 안아들고 핏기 없는 웃음을 지었다. 품 안의 옷 뭉치에서 정체불명의 누런 액체가 연신 방울져 떨어지고 있다.

"엄니— 얼렁 화장실로 가씨요. 인사가 뭐 급하나. 아버지 오줌 다 떨어진다."

강 선생이 부러 목청을 틔우며 재촉을 했다.

"에휴, 기저귀를 차도 소용이 없어. 매번 확인을 못하니 어쩜 좋아… 내가 일을 나가지 말아야하는데…"

"워매, 엄니가 일을 안 나가면 뭘 먹고 살까? 어서 일 보소!"

바닥을 살피던 그녀가 그래야겠다며 빨래더미를 안고 욕실로 종종걸음을 쳤다.

기초생활보호대상자도 차상위 계층도 아닌 노부부의 상황은 애매했다.

재산이 아예 없거나 아니면 넘치게 많거나 둘 중 하나라야만 노년의 삶이 편하다. 강 선생은 그게 현실이라 말한다.

최노인의 아내이며 강 선생의 수많은 '엄니' 중 한 명인 김 노인은 초기상담에서 부부의 재산을 '덜떨어진 딸년에게 다 빨리고' 이 모양으로 살게 되었다며 하소연 했다. 흔하게 보는, 자식들에게 전부를 내어주고 봉양은커녕 생계조차 힘들어진 '바보 부모'의 전형이었다.

덜떨어진 딸년과는 5년 전부터 연락이 두절된 상태다. 그리고 3년 전 최 노인의 뇌경색 발병 후, 김 노인은 빌딩미화원으로 생계를 책임지고 있었다. 자식에 대한 당연한 사랑에 그들은 노년을 담보 잡혔다.

체온계와 혈압계를 넘겨받으며 너스레를 떨던 강 선생이 최노인을 살폈다.

'지금… 상태가 좋은 건가? 그냥 그래 보이는데… '

노인과 눈을 맞춰 본다.

"아버님 오늘 기분이 어떠세요?"

또랑또랑한 안부인사에 노인은 아무런 미동도 없었다. 초점 없는 눈동자는 언제나 그렇듯 허공만을 주시하고 있다.

"오늘 이 양반 기운 뻗치셨던데? 기저귀를 벗기는데 바로 실례를 하시더라구. 침대시트며 잠옷이며 죄 적셨지… 아, 뭘 그리 많이 드셨는지 양이 꽤나 되던데?"

이 선생이 혀를 찼다.

엘리베이터 안이 노인 냄새와 지린내로 채워지기 시작했다. 7층에서 대학생으로 보이는 아가씨가 발을 들여놓으며 미간을 찌푸린다. 이내 냄새에 적응하는 듯 보였지만, 실내의 거북함은 여전했다. 다행히 엘리베이터 문이 너댓 번 여닫혀지면서 냄새는 점차 옅어졌다.

이 선생이 휠체어를 눕혀 뒷걸음으로 계단을 내려와 리프트에 올랐다. 강 선생은 그들이 욕실로 들어갈 수 있도록 리프트를 상승시킨 후 물탱크의 수온을 다시 확인했다. 탑 안으로 들어서니 이 선생이 휠체어의 노인을 힘겹게 안아 일으키고 있었다. 강 선생은 민첩하게 휠체어를 접어 욕실 밖으로 치우고 노인의 다리를 부축했다.

소형이라 할 수 있는 1.3톤 트럭의 화물칸에 탑을 씌어 욕실로 개조한 차량이다 보니 탑 안의 공간은 매우 협소했다. 중앙에 설치된 욕조의 가장자리에는 사람 한 명이 겨우 움직일 만한 공간밖에 허락되지 않았다.

두 사람은 앙상한 노인의 몸을 상체와 하체로 나누어 받쳐 들고 천천히 욕조에 담그기 시작했다. 하체가 잠기고 가슴까지 물이 차오르자 노인의 입귀가 어그러졌다. 웃고 있다. 얼굴에 화색이 돌았다.

"아버님이 웃으시네."

"그럼. 2주 만에 하는 목욕인데 기분 좋으시지, 그렇죠, 어르신?"

이 선생이 목청을 높이며 샤워기의 물을 틀었다. 가슴까지밖에 잠기지 않는 욕조라 노인이 물속에서 긴장을 푸는 동안 어깨와 등으로 계속 따뜻한 물을 끼얹어야 한다. 강 선생은 샤워타월에 비누를 풀었다.

작대기처럼 깡마르고 뻣뻣한 다리와 팔을 천천히 닦기 시작한다. 굳어진 팔 다리를 부드럽게 주무르고 이완시키며 비누칠을 한다. 이 선생 역시 맞은편에서 노인의 상체를 열심히 닦아냈다. 노인의 몸이 조금씩 풀리고 있었다.

비눗물과 노인의 몸에서 떨어진 살비듬들이 어우러져 물빛이 탁해진다. 유백색 물결에 지우개 똥 같은 때 덩이들, 물에 불은 분변들이 부유하며 조근 거린다.

이십 분이나 지났을까, 강 선생의 얼굴에 땀방울이 솟아나기 시작했다. 두 남자의 가쁜 호흡이 욕실의 온기와 함께 실내를 수증기로 가득 채웠다.

노인의 겨드랑이와 가슴께를 닦고, 이어 배를 마사지하듯 부드럽게 압박하던 강 선생의 손에 무언가 낯선 촉감이 전해졌다. 그가 이물감의 정체를 유추하며 당혹해하는 사이, 잔잔한 땟국물 위로 팥경단 만한 동그란 덩어리가 두세 개 떠올랐다.

"어후—."

강 선생은 자신도 모르게 터지는 헛바람을 급히 되삼켰다.

"이샘. 잠깐만, 거기 바가지 좀 주세요."

"응? 왜?… 어이쿠. 이런, 이거 거의 끝났는데…"

강 선생이 바가지로 떠내는 흑갈색 덩어리를 본 이 선생이 한숨을 쉬었다.

"할 수 없지요. 일단 물 다 빼고 샤워로 마무리 해야지…"

이 선생이 욕조의 배수구를 열고 샤워를 준비하는 동안 강 선생은 바가지로 건진 흑갈색 덩이들을 욕조 아래 플라스틱 통으로 옮겼다. 욕조는 소독을 해야 하고 노인은 샤워기로 다시 씻어야 한다. 강 선생은 목욕의자를 펴 노인을 앉혔다. 그리고 최대한 빠른 손놀림으로 그의 몸을 닦아내기 시작한다.


땀과 비눗물로 흠뻑 젖은 이 선생이 대형수건에 파묻힌 노인을 휠체어에 앉혀 집으로 올라가고, 강 선생은 욕조와 바가지, 샤워타월 등을 락스로 소독하기 시작했다. 욕조 청소와 용구 소독에 한 사람 분량의 온수를 더 쓰고 말았다. 강 선생이 목욕차의 전원선을 회수하고 배수호스를 정리하자 이 선생이 돌아왔다.

"고생하셨어요."

"강 팀장도 수고했어."

두 사람은 대상자 파일과 목욕차의 주변을 재차 확인하고 차에 올랐다.

'아이구 허리야.' 두 사람이 동시에 신음을 터뜨렸다.


수화기를 통해 들려오는 노인의 격앙된 음성에 강 선생은 침묵했다. 그렇게 화가 솟구칠 수밖에 없다는 것을 십분 이해해서다.

"이 늙은이가 여기도 주룩 저기도 주룩 가는 곳마다 흘리고 다니는데, 니 사준 기저귀를 차라 하니 뭐라 카는 줄 아나. 내가 애냐고, 바닥에 흘린 건 물이라고… 악을, 악을 써대는데, 마 완전히 눈깔이 휙 뒤집힌 사람 아이드나. 그카는데 우째야 하노, 그뿐이가. 이틀, 사흘 오늘까지 닷새째 얼굴은커녕 손도 한 번 안 씻는다, 더러바도 너무 더러바서… 인잔 같이 밥도 안 묵는다. 씻으라 한 마디 하면 또 우짜는 줄 아나, 아예 진종일 밖에 나앉아 줄담배만 태운다. 뭐라 해도 들질 않고 제멋대로…"

그녀는 울화가 치밀고 답답하지만 대거리도 할 수 없는 남편을, 그저 환자려니 이해하고 넘기려 하면서도, 종종 분에 겨워 뒤로 넘어갈 것 같았다.

강 선생은 모친의 격분을 공감하고 있었다. 그리고 자신이 해야 할 일이 무언지도 알고 있지만, 내심 짜증이 났다.

새로운 복지정책이 전국적으로 시행된 지 한 달째, 서비스일정에 쫓겨 남들 쉬는 토요일까지 업무를 보고 그나마 숨 좀 돌리는 일요일인데 또 노인을 씻겨야 하다니… 그것도 쇠심줄 같이 고집 센 아버지를….

부모의 건물에 월세 아닌 월세를 들어 사는 여동생과 매부 생각이 났지만, 사위가 장인을 씻기는 게 일반적인 일은 아니다. 더구나 의도한 바는 아닐지라도 병약한 노인을 씻기는 게 주 업무인 사회복지사가, 자신의 아비를 씻기는 것에 스트레스를 받는다고 하면 사람들이 웃을 일이다.

평소 멀쩡한 자식들이 제 부모 봉양은커녕 홀대하고 천시하는 모습을 심심찮게 접하며, 인성이 틀린 놈들이라고 혀를 차지 않았던가. 그는 노모에게 아버지의 속옷과 갈아입을 옷을 챙겨 놓으라고, 바로 출발하겠다며 전화를 끊었다.

강 선생은 목욕용품이 들어있는 손가방을 챙겨 집에서 3분 거리에 있는 주상복합건물로 향했다.

"그렇게 안 씻고 우째 사냐. 지금 큰애가 온다고 했다. 일어나라."

높고 투박한 모친의 음성이 계단을 타고 그를 맞았다.

2층에 들어서니, 치매 판정을 받은 대부분의 노인들 집에서 풍기는 역한 냄새가 가득했다. 어느 구석엔가 실변한 팬티뭉치가 숨어있을 거란 확신이 들었다.

"왔나! 저기 늬 아부지 바라. 전화 끊고 이제껏 얘기해도 눈 하나 깜박 않고 안 일어난다. 니가 가자 해 봐라."

이어 아침 식사 중에 화장실을 가다 바지에 흥건히 배설한 일이며, 그걸 오전 내내 손빨래하고, 닦고 치우느라 어깨가 빠진다는 모친의 탄식이 강 선생을 따라 붙었다.


부친은 침대에 누워 신문으로 얼굴을 가린 채 자고 있었다.

의자에는 벗어놓은 바지며 속옷들이 쌓여 있고 바닥에는 젖은 걸레 두 장이 어지럽게 펴져 있었다. 바닥 장판에는 군데군데 말라붙은 갈색 자국들이 눈에 띄었다.

강 선생은 방으로 들어서며 거실보다 강렬한 암모니아 냄새를 맡았지만, 후각은 이내 마비되었다. 그는 누워있는 부친에게 눈길도 주지 않고 장롱에서 속옷과 와이셔츠, 바지와 양말을 챙겼다.

"목욕 가자구? 좀 안 씻으면 어때… 꼭 그렇게 씻어야 하나? 다들 얼마나 깨끗하게 살길래?"

부스럭거리는 소리에 깬 듯 부친이 일어나 앉으며 강 선생을 바라보았다. 몸 씻는 사소한 일 따위에는 관심조차 없는 도인의 행세다.

"씻지 않으니까 냄새가 나서 손자들이 안 오잖아요. 저하고 목욕 가세요. 씻은 지 2주일 넘었어요."

강 선생은 지팡이를 찾아 그의 손에 쥐어 주었다.

"모두 늙으면 냄새가 나는 거야. 안 씻어서 나는 게 아니라. 예전부터 그랬어… 뭐, 그래도 간만에 씻어 볼까. 애들은 지금 뭐해? 학교 갔나?"

"예―"

그가 대답했다. 아이들이야 집에 있지만, 일요일을 설명하기가 더 구차스럽다.

툴툴거리던 부친이 침대에서 일어났다.

강 선생의 뒤를 따라 걸음을 옮기며 아들의 뒤통수에 대고 중얼거린다.

'버릇없다, 그렇게 키우지 않았는데 아비가 묻는 말에 대답도 안 하고, 어디서 감히 그따위 싸가지 없는 행동을 하는지…'

맑은 고음의 소리 외에는, 가는귀가 어두운 노인은 자신의 질문에 대답 없는 아들이 괘씸하기 짝이 없었다.

한 걸음 한 걸음. 노인은 무릎을 굽힐 수 없는 사람처럼 뻣뻣하게 움직였다. 발로 바닥을 쓸 듯 비틀거리며 힘겹게 걸음을 옮겼다. 영락없는 파킨슨씨병의 증상이지만 그것과는 거리가 멀었다.

알츠하이머. 건강보험공단 직원들과 요양등급 판정을 위한 인터뷰를 할 때면 멀쩡하게 걷는 심인성 보행 장애다. 가족에게 비아냥과 불평, 불만으로 언성을 높이던 평소와는 반대로 이성적이고 사교적인 언행을 과시하는, 이해하기 힘든, 전형적인 알츠하이머 환자였다.

익년에는 여든을 맞는 그는 젊은 시절 '호남'이자 '주당'이었다. 비록 178센티의 장신이 굽어지고, 서양배우를 닮았던 훤한 얼굴은 주름과 검버섯으로 석화石化되고, 치아도 모두 사라졌지만, 비판적이고 호전적인 그의 성격마저 무뎌진 건 아니었다.

단지 젊은 시절의 호탕함에서 외모와 몇몇 육체적인 기능이 쇠퇴했을 뿐이다. 그리고 그 빈자리에는 끊임없이 타인의 시선을 의식하는 피해의식과 열등감이 자리를 잡았다.

젊은 시절 강 노인은 직장이나 동창회 어떤 모임에서든 주변의 관심을 끌었다. 그는 자신에게 향하는 호의와 관심을 즐기며 살았다.

이런저런 이유로 거르는 날이 없던 술자리에선 언제나 그의 호쾌한 웃음소리가 울렸다. 하지만 웃음 속, 깊은 곳에 숨어 있던 그의 여리고 예민한 감성은 누구도 알아채지 못했다. 강 노인은 자신의 여린 내면을 극도로 혐오했다.

　우유부단하며 소심하고 나약한 성격은 자신의 모습이 아니기에 그는 더욱 소리를 높였고 눈에 힘을 줬다. 알코올은 그의 가면을 더욱 강하게 만들어주었다. 술은 만병통치약이었으며 그의 평생 친구였다.

　하지만 사회생활과 인간관계가 단절된 그의 노년은 알츠하이머까지 더해 노인의 본래 감성을 여과 없이 드러나게 했고, 그는 언제나 갈고리처럼 날이 서있는 심술보 늙은이가 되었다. 시간과 알코올은 외모 또한 용서치 않았다. 노인의 눈 밑 심술보는 더욱 두꺼워졌다. 볼에는 검버섯이 피어났으며 머리카락은 절반 이상이 빠져버렸다. 코 옆의 팔자 주름도 깊어만 갔다.


　3년 전 어느 날, 강 선생은 아버지가 쓰러져 못 일어난다는 흥분한 모친의 전화를 받았다. 황급히 달려가니 지린내가 진동하는 거실에 사타구니를 흥건히 적신 채 쇼파에 기대있는 부친과, 걸레를 들고 망연자실한 표정의 모친이 있었다.

　"뉘 아버지가 저리 앉은 채로 오줌을 싸더니… 일어나지도 못하고, 저렇게 넋이 나가 있다. 내 힘으로는 도저히 일으킬 수가 없다."

　"일단 병원으로 모시지요."

　강 선생은 자켓을 벗고 부친을 안아 똑바로 앉혔다. '끄응',

절로 신음이 터졌다. 무거웠다. 술에 취해 늘어진 사람처럼 신체의 모든 관절이 풀려있는 것 같았다.

부친을 업고 내려 갈 자신이 없었다. 119로 전화를 했다. 십분 후 도착한 두 명의 구급대원이 부친을 들것에 뉘여 앰뷸런스로 옮겼다.

인근에 있는 종합병원 응급실에서 기본적인 바이탈사인을 체크한 후 의사의 문진이 시작됐다. 팔뚝에 수액을 꽂은 노인의 눈빛이 조금씩 살아나고 있었다.

"어르신 오늘이 며칠인지 아세요?"

"아니, 이 사람은 누군데 날짜를 물어봐?"

부친은 의료진의 질문이 어이없다는 듯 아내를 돌아보며 물어본다. '어르신, 여기는 병원 응급실이고요. 제가 묻는 말에 대답 해주세요.' 젊은 의사는 부드럽게 노인에게 다시 질문을 했다.

"어르신 오늘이 몇 월 며칠인지 아시겠어요?"

"음. 달력을 보니 4월이네… 며칠인지는 모르겠고. 근데 그걸 왜 물어?"

"어르신 성함이 어떻게 되세요? 이름이 뭐예요?"

"허, 참. 자기 이름 모르는 사람도 있나? 나 강준성이란 사람이야. 근데, 그걸 당신이 알아서 뭐하게?"

"어르신 혹시 집 전화번호 아세요?"

"허. 나, 원… 계속 별걸 다 묻네, 이상한 사람이잖아? 당신 누구야? 나 알아? 뭐라구? 의사라구? 음…"

노인이 강 선생을 돌아보았다. 그는 노인의 시선을 피하며 모친을 돌아보았다. 그리고 복지관에 조퇴원을 내고 오겠다며 응급실을 나섰다. 전화 한 통이면 될 일이지만, 그는 그 자리를 벗어나고 싶었다.

영웅호걸도 못 이긴다는 술을 강준성이 이길 수 없는 것은 당연했다.

뇌의 질환은 피해갈 수 없는 응보이기도 했다.

중력과 싸우듯 구부정하게 한발, 한발 움직이던 노인은 계단을 내려와 건물 입구의 계단 턱에 앉았다. 담배를 입에 물고 라이터를 찾으려 주머니를 뒤적거렸다.

노인은 담배를 태우며 오가는 사람들에게 일일이 인사를 한다. 유모차를 끄는 아기엄마에게도 함박웃음을 지으며 아기의 안부를 물어보았다. 강 선생이 재촉하기 전에는 결코 일어날 기미가 보이지 않았다.

"아, 거— 참. 잔소리 심하네. 알아서 간다니까! 너 먼저 가—"

노인이 강 선생의 재촉에 짜증을 냈다. 얼마 후 벽을 짚더니 깊은 한숨과 함께 일어났다. 바짓단으로 길바닥을 쓸며 느릿느릿 발을 옮긴다. 오륙 미터나 걸었을까, 그는 멈추어 선 채 길

위에 나뒹구는 담배꽁초들을 지팡이로 밀어냈다. '더런 놈들이 왜 이리 아무데나 꽁초를 버리냐…'. 듣는 사람은 아무도 없었지만 그는 목청을 키우며 일장 훈시를 했다.

강 씨 부자가 건물을 나와 20여 미터 떨어져 있는 목욕탕에 도착하기까지 20분이 걸렸다. 노인은 힘들다며 가다 서다를 반복했고, 부축을 해준다는 아들의 손을 매몰차게 거절했다.

일요일 한낮인데도 다행히 목욕탕에는 손님들이 몇 명 없었다.

강 선생은 안도의 큰 숨을 내쉬었다.

탕 안에서 시비 붙을 확률이 그만큼 낮아졌기 때문이다.

노인은 남의 시선에 유별나게 반응했다. 특히나 목욕탕에선 더욱 그러했다. 비틀거리며 겨우 걸음을 옮기는 자신을 사람들이 비웃는다고 생각했다. 온몸에서 지린내를 풍기고 엉덩이에 분변 조각들이 묻어 있는 추레한 자신을 업신여긴다고 생각했다. 노인은 사방을 흘깃거리며 자신에게 경멸과 조소를 보내는 '버릇없는 놈'을 열심히 찾는다.

샤워기를 조작하면서, 비누칠을 하거나, 면도를 하면서도 수시로 두리번거리며 주위 사람들에 대한 경계와 감시를 늦추지 않았다. 그러다 우연히 눈이 마주치기라도 하면 '왜 사람을 째려보냐, 당신 나 아냐'고 적반하장으로 시비를 걸었다.

대부분의 '무례한 자'들은 그냥 못들은 척 지나쳤지만 간혹 비슷한 성격의 노인과 시비가 오가게 되면, 아들이 개입하기 전까지, 두 사람의 고성에 목욕탕이 쩌렁쩌렁 울리기도 했다.

강 선생은 부친이 벗은 상의를 받아 사물함에 넣었다. 노인은 바지를 벗은 후 사주경계를 하며 내복과 팬티를 한 번에 벗어 강 선생에게 넘겨주었다.

언제 실금한 것인지 팬티와 바지가 축축했다. 강 선생은 착잡한 기분이 든다.

부친이 아직은 수치심을 갖고 있다는 다행스러움과 여전히 피해의식으로 가득한 자존감에 씁쓸함이 뒤섞였다.

그는 노인의 속옷 뭉치를 서둘러 사물함에 넣었지만 찌든 지린내와 악취를 감출 수는 없었다. 오히려 악취의 근원을 확연히 들어낸 셈이었고 부친의 뒤에서 발톱을 깎던 청년이 킁킁거리며 인상을 쓰고 자리를 옮겼다.

기저귀를 차야했다. 타인을 위해서가 아니라 무엇보다 자신의 위생을 위해 기저귀를 착용해야 한다. 강 선생에게 건넨 부친의 속옷에는 소변자국은 물론, 새까맣게 말라버린 똥 딱지들도 군데군데 붙어 있었다.

노인이 비틀거리며 탕 안으로 향했다.

강 선생은 서둘러 사물함을 걸어 잠그고 한 발 앞서 탕에 들어가 자리를 잡는다. 노인이 욕실의자에 앉으면, 샤워기의 수온을 맞추고 대야와 비누를 쓰기 좋게 배치한다. 금방 머리를 감은 것을 잊은 노인이 연거푸 샴푸를 하면 그동안 강 선생은 샤워와 면도를 끝낸다.

노인이 면도를 마치고 몸에 비누칠을 하기 시작하자 아들은 타월을 들고 그의 등 뒤에 자리를 잡았다. 그리고 뒷목과 어깻죽지, 양 겨드랑이와 등허리, 옆구리를 닦기 시작했다.

강 선생의 타월이 노인의 엉덩이 골에 이르자 '그 이상은 닦지 말라'는 단호한 음성이 들린다. 사타구니는 자신이 닦을 것이니 등 가운데에 손이 안 닿는 부분만 닦으라는 것이다. '예~ 예…' 강 선생은 이미 말끔히 씻어낸 노인의 등에 다시 비누칠을 했다.

강 선생은 노인의 어깨가 참으로 좁다는 생각을 했다. 본디 넓은 어깨는 아니었지만 몇 년 사이 더욱 좁아졌다. 샤워타월이 견갑골이며 척추를 지나면서 서걱거렸다.

흔히들 얘기하는 '좁아진 어깨와 작아진 뒷모습의 아버지'에 대한 단상이 떠올랐다. 하지만 그건, 그런 아련한 동정과 사랑이 있는 부자간에나 공명하는 감상일 뿐이다. 강 선생에게 그는 그냥 아버지였다.

나라에 충성하듯 효도를 해야 되는 대상 중의 한 명. 이틀에 한 번씩 마누라를 두들겼든, 자식들을 앉혀 놓고 아무 내용도 없는 세상사 장광설에 침을 튀겼든, 고주망태가 되어 쌍욕과 손찌검으로 오누이를 훈계했든 어쨌든 아버지다.

또한 열댓 살부터 사실이 아님을 지켜보며 살았지만, 일방적인 자기주장대로, 가족을 이만큼 먹여 살려준 가장인 거다. 쥐꼬리만 한 말단 공무원의 월급은 자신의 외상술값을 메우기에도 한참 모자란 금액이었고, 살림을 살고 재산을 불린 가장은 갖은 잡일을 하며 남매를 키워낸 모친이었다.

부친은 자신의 욕망에 충실한 가치 있는 삶을 살았다. 비록, 제 식구들의 웃음과 안위까지 챙겨주진 못했지만, 오롯이 자신만의 삶은 행복하게 살았다.

강 선생은 잠시 부친의 삶을 다른 방향으로 이해해보려 노력했으나, 이해되는 부분이 하나도 없었다. 강 선생은 노인이 언제 사망한다 해도 그저 사실로 받아들일 뿐, 눈물 한 방울 날 것 같지 않았다.


2

인간답게 살고 싶은 고단한 이웃에게 자립을 위한 격려와 도움을 줄 수 있다는 것은 매력적인 일이다. 그런 일로 생계를 유지한다면 정말 멋진 직업일 것이다.

강 선생은 사회복지사를 자신의 천직으로 생각했다.

근무하는 팀에서 적합한 직원을 채용하지 못해 일시적으로 요양보호사 역할을 겸하며 직접 목욕서비스를 하고 있지만, 그의 본래 업무는 서비스 대상자의 면접과 사례관리, 자원 연계, 요양보호사 관리와 요양보험의 재가서비스 관련 제반 행정업무에 국한된다. 그러나 규정된 업무란 없었다.

어느 조직이나 마찬가지이고 사람이 하는 일의 경계를 칼로 자르듯 할 수는 없다 해도, 복지관의 업무는 대체로 다른 조직에 비해 과중했다. 지자체의 열악한 재정적인 한계가 가장 큰 이유지만, 복지사업이 아닌 '구호사업' 시절부터 내려온 '봉사와 희생'이라는 직업소양에 과하게 몰입되어 있는 조직문화 역시 과중한 업무를 만드는 이유 중의 하나다.

강 선생은 일찌감치 점잖고 따뜻한, 여유와 사랑이 넘치는 사회복지사이기를 포기했다. 대상자보다 운전대와 씨름하는 일이 잦았고, 지역의 자원개발보다는 대상자나 그 주변 환경에 직접 몸으로 부딪혀야 하는 일이 일상인 것을 알고 나서다.

노인장기요양보험의 시행은 강 선생을 바싹 긴장하게 했다. 그는 자치구 예산으로 운영하던 이동목욕사업의 팀장이라는 '전문성'을 이유로 요양보험의 목욕서비스를 겸하여 담당하게 되었다.

간단히 보면 목욕서비스를 제공하는 같은 일이지만, 서비스 대상자와 제공자가 각기 다르고 서비스 이용에 무료, 유료의 차이가 있는 완전히 다른 사업이기도 했다. 각 사업의 업무수행에 연속성과 차별성의 조절 등 많은 대책과 고민이 필요했다. 두 사업을 동시에 진행한다는 것은 쉬운 문제가 아니다.

기존의 목욕이나 가사도움 등을 무료로 제공받던 복지서비스 수급자와, 15%의 이용료를 지불하고 목욕 서비스를 받는 노인장기요양보험 수급자에 대한 합리적인 서비스 배분은 가뜩이나 이런저런 업무로 바쁘게 돌아치는 강 선생을 코너로 몰아넣기에 충분했다.

또한 새로운 요양보험 목욕사업에서는 수급자에게 실제로 목욕서비스를 제공하는 사람이 '무급 전문자원봉사자'가 아닌 유급의 요양보호사 2인이었기에, 강 선생은 봉사자와 요양보호사들의 서비스 대상자 배치와 관리에 온 신경을 쓰지 않을 수 없었다. 두 사업 서비스 대상자의 ADL(일상생활수행능력)의 차이는 없다시피 하고 단지 요양등급의 인증 유무로 구분되는 것이니, 어차피 둘 중에 하나는 효과성을 이유로 사라지고 사업은 하나로 통합될 것이었다. 하지만, 정리가 되는 동안은 두 체계로 가야 했다.

요양보호사 박 선생과 조 선생은 두 살 터울의 자매 같았다. 몸집이나 인상이 후덕한 박 선생과 눈매가 날카로운 조 선생의 외모는 전혀 달랐지만, 노인과 화기로운 대화를 나누며 유연하게 목욕시키는 것을 보면 그렇게 호흡이 잘 맞을 수가 없었다.

센 억양으로 직설적인 조 선생에 비해 둥글둥글 유하면서 상대의 말을 잘 들어주는 박 선생의 조합은 목욕 서비스를 제공하는 요양보호사와 자원봉사자들의 '모범 사례'였다. 두 사람의 업무 수행은 이용자 서비스평가에서 언제나 높은 만족도를 달성했고, 일부러 그녀들을 찾아 계약하는 신규대상자가 나타나는 등 그 되먹임 역시 다른 이들과 월등한 차이를 보였다.

그녀들은 시작한 지 한 달 조금 넘은 요양보험의 목욕서비스에서 각자 130만원이 넘는 수당을 받았다. 일반 목욕탕의 세신사가 버는 한 달 수입에 비하면 어처구니 없는 금액이지만, 하루 네 시간씩 한 달에 80시간 정도를 대상자의 집에서 간병을 하는 재가요양보호사의 월 평균 임금이 50만원 안팎인 것에 비하면 큰 금액이었다.

이들의 수입은 반신불수에서 와상노인까지 스스로는커녕 보호자들까지 두 손을 들어버린 노인환자들을, 하루 평균 다섯 명 이상 진력을 쏟아내며 서비스 한 결과이자 보상이었다.

하지만, 몇몇 입을 건너 알려진 그녀들의 '성공'은 비현실적으로 책정된 낮은 수가에 곤란해 하던 다른 이들을 자극했다. 대상자의 집을 방문해 계약한 시간 동안 일상생활서비스를 제공하는 요양보호사들 사이에서 '목욕차에서 하는 방문목욕이 시간도 얼마 안 걸리고 돈도 된다'는 과장된 소문이 퍼졌다. 심지어 기존의 이동목욕 자원봉사자에게서도 '우리가 여태 목욕

봉사를 한 게 얼마냐. 똑같은 일을 하면서 누구는 돈을 받고 누구는 돈을 쓰냐'며 앞뒤 잘린 항의가 들어오기도 했다.

그러던 어느 날, 얇게 얼은 강바닥처럼 그들 사이에 위태롭게 흐르던 긴장감은 결국 깨져 버리고 말았다.

오전에 조 선생 등과 목욕 대상자 세 명을 씻기고 귀사한 강 선생은 그녀들에게 '급작스레 미안하다. 오늘 일정은 끝났으나 미리 약속한 기존의 이동목욕 대상자가 한 명 있다. 요양수급자는 아니다. 그냥 자원봉사로 목욕을 해줄 수 있느냐'며 의사를 물었다.

그네들은 강 선생의 요청을 기꺼이 받아들였다. 그들이 목욕차에 다시 물을 채우고 덥히는 동안 강 선생은 복지관 로비에서 기다리고 있던 임 노인의 걸음을 보조했다.

그는 박 선생과 조 선생이 노인을 모시고 목욕차 안으로 들어가는 것을 확인 후 사무실로 들어가 당일의 개인파일을 정리하기 시작했다.

5분이나 지났을까.

흥분한 조 선생이 사무실 문을 거칠게 밀고 들어섰다.

"강 팀장님. 이게 무슨 일이래요? 지금 정 선생하고 김 선생이 목욕차 안으로 들어왔네요. 임소희 어머니를 자기들이 씻기기로 했다는데. 무슨 말이예요?"

"예? 그게 무슨…"

의아한 표정으로 되묻는 그의 머릿속으로 무언가 번쩍이며
지나갔다.

곧이어 사무실로 김 선생이 들어서며 목소리를 높였다. 정
선생도 그녀의 뒤를 따라 들어왔다.

"강 팀장님. 이게 뭐예요? 오늘 소희 어르신 우리보고 씻기라
면서요?"

"… 아, 맞아요. 그랬네요. 허, 이거 제 실수네요… 어쩌면 좋
지요? 조 선생님하고 박 선생님이, 아니 김 선생님, 이번에는…"

그의 말이 꼬이기 시작했다. 강 선생은 자신을 둘러싼 세 명
의 요양보호사들에게 자초지종을 설명하려 노력했으나 애초에
정리 될 일이 아니었다.

김과 정, 두 요양보호사는 얼마 전부터 강 선생에게 자신들
도 방문목욕을 하고 싶다는 암시를 주곤 했다. 강 선생이 임 노
인의 목욕 일정을 잡을 때 마침 사무실에 있던 김 선생과 정 선
생은 자신들도 목욕 서비스를 해보고 싶다며 그의 의향을 물었
던 것이다. 강 선생은 목욕이 결코 쉽지 않다는 것을 느끼게 하
려는 의도로 별 고민 없이 그들의 제안을 승낙했다. 물론 요양
보험 대상자가 아니기에 보험 수가가 없는 대상자임을 밝히고
임 노인과 선생들이 만족한다면 추후 목욕팀에서의 일도 생각
해 볼 수 있겠노라고 했다. 그리고 일주일이 지나면서 그 사실
을 잊어버렸다.

강 선생은 부끄러움과 송구함으로 얼굴을 붉히고 요양보호사들에게 양해를 구했다.

임 노인의 목욕은 네 사람의 요양보호사가 함께 했다.

임소희 노인은 얼마 후 '네 명이 목욕을 시켜주는데, 지들끼리 그렇게 으르렁 대면 어쩌라구… 참… 내가 그동안 받아먹은 게 있으니 욕은 못하겠구, 그깐 목욕 값 몇 푼 아낄려다 기분만 아주 더러워졌어ㅡ'라는 전언을 남겼다.

그리고 강 선생은 이 년 전 끊었던 담배를 다시 물었다.


새로운 수입 창출의 기회를 잡은 이들과 기존의 수입을 나눌 위기에 처한 이들의 갈등은 한동안 멈추지 않았다. 물론 그 원인과 책임은 강 선생에게 있었다. 하지만 남자 요양보호사의 부족으로 하루에 서너 명의 남자 노인들을 직접 씻기고, 여자 대상자들의 일정에 맞춰 차량 운행과 행정업무에 정신없이 돌아치던 강 선생 역시 일말의 면죄부를 받을 수는 있었다. 네 명의 요양보호사들 역시 그 사실을 알고 있었지만 강 선생을 용서하지는 않았다.

무겁다면 무거운 한 번의 치명적인 망각은 목욕팀을 운영하는 그의 리더십과 신뢰에 상처를 주었다. 복지관에서 언제나 밝은 모습이었던 강 선생의 말수가 적어졌다.

요양보호사. 보호자들도 힘에 겨워 도움을 받아야 하는 병중 노인을 간병하고 씻기는 고된 일을 하면서도 자기 자리를 찾지 못하는 사람들, 나라에서 정한 최저시급에 코딱지만큼 더 책정해 주는 보험수가가 원인임이 분명하지만, 강 선생은 복지관의 요양보호사들이 서로 상대의 꼬리를 먹고 있는 한 쌍의 도마뱀 같다는 생각이 들기 시작했다. 정성을 다하지 않으면 불가능한 일을 하면서도 보살菩薩로 가지 못하는 속인俗人일 수밖에 없는 한계였다.

강 선생의 심중에 '소진消盡'이 얼굴을 들이밀기 시작했다.


3

당월의 서비스제공 보고서를 작성중이던 강 선생의 휴대폰이 울렸다. 얼마 전 경기도로 전출 간 이동목욕 수급자 78세 곽 노인이다.

"어이구, 곽재갑 아버님? 안녕하셨어요? 어떻게… 잘 지내세요?"

"응, 난 잘 있어… 조금 허전하긴 하지만…"

중얼거리듯 나직한 노인의 목소리가 들렸다.

"뭐, 아무래도 그렇겠지요. 어머님 가신 지 이제 세 달 됐나요? 도우미 선생님하고 따님도 계속 들르지요? 식사는 잘 하시죠? 무엇보다 식사 꼭 챙겨 드시구요."

"응. 그래, 고마워. 강 팀장은 어떻게 지내?"

간단한 안부가 오간 뒤 노인은 어렵게 용건을 털어 놓았다. 목욕을 하고 싶다고, 가능하겠냐는 것이다. 강 선생은 바로 답을 하지 못했다. 이동목욕사업의 서비스 수급자는 해당 자치구의 기초생활보호대상 노인과 저소득층 노인으로 한정되어 있기에 타 지역에 거주하는 노인과는 전혀 무관한 서비스다. 5년 이상 노인복지관의 재가복지서비스를 받았던 곽 노인도 알고 있는 사실이다.

"왜, 아. 아무래도 힘들겠지? 이사를 왔으니까"

"거… 좀 그렇긴 한데…, 에이! 괜찮아요. 신경 쓰지 마세요. 뫼시러 갈게요. 언제쯤이 편하세요?"

"나야 빨리 하면 좋지만, 강 선생 시간이 어떤지 몰라서…"

"알았어요. 아버님, 그럼 이번 주 일요일 어때요?"

"일요일? 쉬는 날 아냐?"

"뭐, 그렇지요. 그런데 그날 당직이라 출근하니까, 괜찮아요."

"그래… 고마워"

너무도 당연하지만 공기관의 복지서비스는 그 어떤 것이라도 적법한 절차 없이 사적인 경위로 계획되거나 시행되어질 성질이 아니었다. 더욱이 타 지역 거주자에게 서비스를 제공한다는 것은 언감생심 말이 안 되는 일이었다. 하지만 강 선생은 지

난 몇 년 간, 도시락 배달·이동목욕·방문물리치료 등의 재가
복지서비스를 제공하며 맺어진 곽 노인과의 정을 쉬이 내칠 수
가 없었다.

또한 곽 노인이 지극정성으로 간병하던 배우자가 고인이 되
고 이사를 한 게 불과 석 달 전이었다.

평소 이동목욕 서비스가 나가는, 이 주·삼 주에 한 번 마지
못해 몸을 씻던 노인이었다. 장례 후 얼마나 씻었을지는 안 봐
도 뻔했다.

'뭐, 노는 날 목욕 한 번 했다고 뭔 일 나겠어? 알 놈도 없잖
아?'

속으로 뇌까리며 강 선생은 당직날 일정을 잡았다.

일요일 아침, 복지관에 출근한 강 선생은 1차 순찰을 마친 후
주차된 목욕차를 세팅했다. 남자화장실의 수도에 호스를 연결
해 탱크에 물을 채우고 복지관 현관의 전원을 끌어 보일러에 불
을 넣었다.

그리고 곽재갑 노인을 모셨다. 복지관 인근 전철역까지 나온
노인을 '송영차'로 픽업했다. 10분 거리의 복지관으로 가는 길
내내 노인의 감사인사가 끊이지 않았다.

복지관에 도착한 강 선생은 노인과 함께 곧장 목욕차로 들어

갔다.

"날씨가 추워…"

"예? 어이구. 말복 지난 지 얼마나 됐다고 벌써 추워요? 하긴 가끔 썰렁하지만, 그래도 아직은 아니죠."

"그러게 말이야, 엊그제가 말복이었던 거 같은데… 근데, 난 좀 추워."

"에헤, 아버님 마음이 추운 거겠지요. 아무튼 오랜만이네요. 넉 달 정도 됐나요?"

"그렇지, 그이, … 떠나고 처음이니까…"

"괜찮으시죠? 아직도 우울하고 답답하세요?"

"뭐, 언젠, 안… 괜찮았나?"

"…자, 옷 다 벗으셨네, 여기 붙잡으시고요, 천천히, 옳지… 어이구, 그래도 운동은 계속 하셨나 봐요, 몸이 많이 굳진 않았네요."

노인의 몸에서 익숙한 암모니아 냄새가 올라왔다.

벗은 옷을 받아 바구니에 정리하는데 싯누렇게 얼룩진 팬티가 눈에 들어왔다.

강 선생은 어깨와 오른 팔로 받치며 노인을 천천히 욕조에 앉혔다. 굳어버린 왼쪽 다리가 욕조의 가장자리에 걸렸다. 강 선생이 그의 다리를 부드럽게 물 안으로 밀어 넣었다.

"휴우… 아ㅡ, 좋다."

"좋으세요? 좋지! 왜 아들들 불러다가 같이 목욕 좀 하자 그러지요?"

"…제 먹구 사느라 바빠서ー, 얼굴, 보기도 힘든데 뭘."

"아따, 아들들 먹고사는 건 걱정이고, 쉬는 날 일하는 나는 괜찮구요?"

"…미안해."

"미안하긴 뭘, 농담이에요. 괜찮아요, 제가 하자고 했잖아요. 신경 쓰지 마세요ー"

사 개월 만에 몸을 담근다는 노인의 얼굴에 편안한 온기가 돌았다.

강 선생은 시시껄렁한 얘기를 끊임없이 주절거리며 그의 가슴에 물을 끼얹었다.

욕실에 수증기가 차기 시작했다.

샤워타월로 팔을 닦았다. 손바닥 쪽으로 구부러진 중지와 약지, 새끼손가락 사이를 조심스레 힘을 주며 비누칠을 했다. 때를 밀었다. 가동이 거의 불가능한 왼팔은 확실히 오른쪽보다 오염 정도가 심했다.

목과 얼굴을 닦고, 가슴과 배를 닦았다.

"자, 아버님 살살 허리 좀 펴보세요. 등 닦자."

"그래, 힘 안 들게… 살살해. 그런데 오늘은… 왜 혼자야?"

"아따, 봉사자들도 노는 날은 놀아야지, 돈 줄 것도 아닌데,

나야 원래 일하는 날이구. 또 간만에 아버님 보고 싶었으니까
요."

등을 닦았다.

국수가락처럼 시원스레 살고물들이 떨어져 나갔다.

욕조의 물이 탁해지고 있었다. 노인의 상체를 닦은 강 선생
이 발을 향해 자리를 고쳐 앉았다. 언제나 느끼지만, 욕조가 있
는 실내는 180센티가 넘는 거구의 강 선생이 움직이기에 확실
히 비좁았다.

곽 노인의 발색이 유난히 어두웠다.

'이거 발 색깔이 왜 이래, 봉와직염인가?'

하늘로 들려 있는 엄지발톱과 그 아래 발가락 사이사이가 희
부연 황색을 띠고 있었다. 퉁퉁 부어 보이는 발등은 불그스름한
갈색으로, 발목과 발날은 갈색과 검은색을 바탕으로 곳곳에 희
뜩 해뜩 옅은 자국이 보였다. 강 선생은 내심 긴장하며 타월을
문지른다. 욕조에서 불린 것인지 살 거죽에 타월 자국이 나기
시작했다.

"… 아!"

봉와직염인 줄 알았던 발이 변하기 시작했다. 거무튀튀했던
색깔이 옅어지기 시작하며 발등과 발날, 발가락의 본래의 색이

드러나기 시작했다.

'이건, 때다. 적어도 넉 달간이나 씻지 않은 때다.'

강 선생은 얼룩덜룩한 색의 정체가 때임을 확신하며 발을 닦는 손질에 집중하기 시작했다. 땀이 흘렀다. 머리며, 등이며, 가슴이며 그의 온 전신에서 땀이 비 오듯 흐르기 시작했다.

'염병, 땀구멍이 열렸나…'

비눗물과 살 가루, 땟물로 뿌옇게 흐려진 수면 위로 배추 애벌레만한 덩어리들이 뭉쳐서 떠다녔다. 일렁이는 물살에 빛이 반사돼 욕실의 벽에 빛 그림이 출렁거렸다. 에어컨 옆에 붙어있는 손바닥만 한 창으로 정오의 맑은 햇살이 쏟아져 들어왔다.

'아, 정말—'

재미있었다.

새삼 때가 벗겨지는 게 재미있었고, 본살이 드러남에 흥분이 고조되었다.

연살구색 발목과 복사뼈가 드러나고, 강 선생의 얼굴에서 흩뿌려지는 땀방울이 노인의 발등에서 부서졌다.

'아따, 노인네 시원하겠다. 정말'

시원하다. 시원했다. 마치 강 선생 자신의 몸에 쌓여 있던 살 찌꺼기들과 분비물들이 모두 떨어져 나가고 있는 느낌이 들었다.

시원했다.

손바닥만한 창문으로 백광이 폭주했다.

솟구치는 땀방울이 강 선생의 눈으로 스며들었다.


하얗게 정전이 되었다.


그는 노인의 발을 잠시 내려놓고 눈가의 땀을 훔쳤다.

미간에서 콧등으로 땀방울이 굴러내렸다.

눈을 몇 번 끔벅이니 부연 수증기 사이로 낯익은 모습이 보인
다. 욕조 안에 자신이 누워 있었다.

눈을 홉뜨니 부친 강준성이 활짝 웃으며 누워 있었다.

그곳에 그가 있었다.

나침반

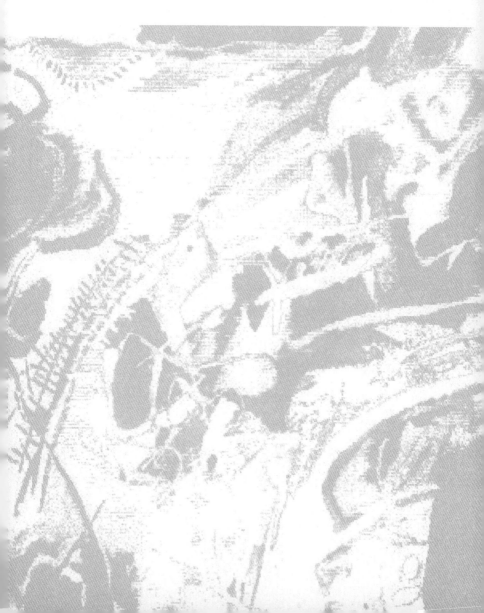

'그래. 뭐 어때. 그냥 놔둬…'

형석은 질금질금 흐르는 눈물 찍어내기를 멈춘다. 사망한 지 10여 년 지난 가수의 노래와 영상이 흐르는 티비를 보며 뭔지 모를 아련함에 가슴이 먹먹해졌다.

옆에는 10개월 된 막내가 제 엄마 품에서 자고, 초등학교 3학년인 큰 놈은 이불을 다 걷어찬 채 엎어져 코를 골고 있었다. 마르고 답답한 방 안, 벽에 붙어 있는 티비만 허옇게 불을 밝히고 있다. 아이들이 깰까봐 겨우 들릴 듯 말 듯 조절한 볼륨임에도,

30대에 요절한 애늙은이 가수의 애절하고 탁한 음색이 가슴에 파고들었다.

언제부터인가 남들이 말하는 사추기가 시작된 것인지, 신년에 45세가 된 형석은 유난히 눈물이 많아졌다. 지난 시절의 이별노래를 듣다가도, 아이들이 잠든 후 습관적으로 돌리는 채널의 '인간극장'을 볼 때에도 그는 눈물을 흘린다. 혹시라도 자고 있는 애들 엄마가 깰까봐 훌쩍이는 소리를 내지도 못하고 조용히 눈물과 콧물이 흐르도록 내버려두기도 한다. 그리고 프로그램이 끝나면 고양이처럼 소리 없이 화장실로 향했다.

남자는 인생에 세 번만 눈물을 흘려야한다는 건 헛소리다. 손을 씻고 찬물로 얼굴을 몇 번 문지르고 조심스레 코를 풀었다. 화장실에 불을 켜지 않아도 세면대 위에 어떤 물건이 있는지는 익히 알고 있다. 화장실에서 나온 형석은 정수기에서 물을 한 컵 받아 마시고 자리에 누웠다. 이제 잘 준비가 끝났다.

'으응… 엄마, 엄마 무서워…' 큰놈이 악몽을 꾸는지 잠꼬대를 하며 이불을 감고 몸을 웅크렸다. 형석은 녀석의 얼굴을 한 번 쓸어주었다. 또 이렇게 하루가 끝났다.


큰아들 광식을 깨우는 아내의 목소리에 짜증이 섞여있었다. 통통하게 살이 오른 볼을 실룩이며 엉덩이부터 일어나는 녀석의 몸짓은 느릿하기 짝이 없다. 형석은 '그만 일어나서 학교 가야지'하며 아들의 엉덩이를 두어 번 두들겨주고 일어난다. 그리고 주방 싱크대 한쪽의 전기주전자에 전원을 넣고 믹스 커피를 챙겼다. 옆에서 숟가락을 챙기고 밥을 푸는 아내에게 거치적거릴까 최소한도로 움직였다. 십 개월 된 막내는 기특하게 계속 자고 있었다.

졸린 눈으로 식탁에 앉은 큰놈과 상차림을 마친 아내가 자리하는 것을 보며 형석은 커피잔을 들고 현관 밖으로 나간다. 형석의 아침은 언제나 밥이 아닌 커피 한 잔과 담배 한 개피로 시작된다. '식구란 함께 밥을 먹는 사람들을 말하는 것이다'며 무조건 밥상에 함께 앉았던 습관을 버린 지 어느덧 일 년이 지났다. 형석이 전직을 하고 애 엄마가 다시 영어학원 강사 일을 시작하면서, 각자의 습관과 시간에 맞추는 것이 효율적이라는 합의에 의해서였다. 이제는 익숙한 듯 큰놈도 아내도 그에게 같이 밥 먹자는 권유를 하지 않았다. 그러고 보니 함께 밥먹은 지가 언젠지 기억이 안난다.

현관 앞 계단에서 벽 한쪽에 뚫린 작은 창문으로 담배연기를 내뿜으며 커피를 홀짝인다. 남들이 보기엔 어떨지 모르지만 형석에게는 참으로 낭만적인 하루의 시작이다.

연회색 초연이, 들고 나는 숨으로 잠시 몸 안에 들어오고 다시 허공으로 발현하는 연속적인 순환은 그 멋을 아는 이만 느낄 수 있는 미약이다. 함께 즐기는 달고 탁한 커피 한 잔은 그를 안

정시키는 안정제이자 각성제이다.

부산한 아침시간은 학교 다녀오겠다는 광식의 인사에 연이은 현관문의 쾅음, 그리고 문 부서지겠다고 소리치는 아내의 고함으로 끝났다.

가족들이 잠자는 소위 '티비 방'은 이부자리로 어질러져 있고, 막내는 요 위에 누워 팔 다리를 버둥거리고 있었다. 형석의 나이 마흔넷에 얻은 늦둥이다. 썰렁한 집 분위기를 웃음이 돌게 하고 중년의 무기력에 빠진 형석이 살아가는 의미이자 사랑해 마지않는 금동이다. 형석이 막내에게 손을 뻗었다. 녀석이 배실배실 웃으며 배를 어루만지는 아빠의 손을 잡으려 두 팔을 허우적댔다. 막내는 형석과 눈이 마주치면 언제나 소웃음을 짓는다. 막내와의 스킨십을 즐긴 형석이 이불을 개려 창문을 여는데 아내가 이유식을 챙겨 들어왔다.

"이불 개고 먹이지?"

목소리가 작았나, 아내는 그를 돌아보지도 않았다.

머쓱해진 형석은 창고로 변한 자신의 서재로 들어가 주섬주섬 외출복을 찾아 입었다. 싸늘한 냉기가 온몸을 감쌌다. 서재가 5층 건물의 바람맞이 방향에 위치한 탓인지 유난히 추웠다. 뿌옇게 먼지 낀 큰아들의 프라모델 박스더미와 십 년이 넘은 시사주간지들이 한 무더기 쌓여있는 책상에는 거무튀튀한 곰팡이들이 피어 있었다. 책장이 있는 벽에도 여기저기 곰팡이의 흔적이 보였다. 건축한 지 20년이 넘은 오래된 건물이기도 하지만, 애초에 단열재시공이 적절하지 않았던 것 같았다. 서재에서는 사시사철 곰팡냄새가 났고, 언제나 냉골이었다.

지난여름에는 습기로 누전이 되었으나 방 전체가 눅눅해 정작 기술자가 와서도 누전부위를 찾지 못했다. 결국 벽에 내장되어 있는 콘센트는 쓰지 못하고 임시방편으로 천장을 한 부분 뜯어내 그 위로 지나가는 원선에 멀티탭을 직접 연결해야만 했다.

형석은 천장에서 내려온 한 줄의 전선과 그 끝의 멀티탭을 일별하고 쓴 웃음을 지었다.

언젠가 날을 잡아 집의 천장을 다 뜯어내고 전기선을 아예 새로 깔고, 결로 방지 시공을 해야겠다는 생각을 다진다. 스티로폼을 쓰든 석고보드를 쓰든, 일단 서재 내벽에라도 단열재를 시공해 방한, 방습조치를 해야 했다.

형석은 상의를 갈아입으며 대충 공사 견적을 내봤다. 생각보다 큰돈이 들 것 같았지만 직접 자재를 구해 시공을 한다면 그 절반 정도 금액에 충분히 가능할 것이다. 더 미루지 말고 날 풀리면 정말 알아봐야지 다짐하며 혁대의 버클을 조인다.

방문 옆 거울에 옷매무새를 살피던 형석은 아내의 이름이 적힌 A4 크기의 새하얀 병원 각봉투를 볼 수 있었다. 아내가 얼마 전 건강검진을 받았다는 게 생각났다.

형석이 서재에서 옷을 바꿔 입고 나오는 사이 아내는 벌써 이

불을 다 개서 정리를 했고, 막내는 보행기 안에 들어가 있었다. 막내가 그와 눈을 맞추며 손짓 발짓으로 '꺅꺅' 거렸다.

설거지를 하고 있는 아내에게 나 지금 나간다며 한마디 던지고 현관으로 향했다.

'휴우…'.

달그락거리는 사이로 아내의 한숨이 형석을 따라왔다. 형석이 계단을 내려가며 담배를 꺼내 물었다. 그리고 그를 따라오던 한숨보다 더 깊은 초연을 내뱉었다.

오늘은 얼마라도 받았으면 좋겠는데.


출근하는 사람들로 거리가 살아나고 있었다. 설 연휴가 지난 지 얼마 안 돼 아직은 쌀쌀한 2월 중순인데도 이외로 푸근한 느낌이었다. 시간을 보니 한 시간 정도 여유가 있었다. 형석은 주차장으로 향하던 발길을 돌려 거리로 나섰다. 걸어서 출근하기로 했다.

식초공장은 차로 가면 모든 신호를 다 받아도 십 분이 안 되는 거리의 이웃동네에 있었다.

여유 있게 걸어도 삼십 분이면 도착할 거리다.

이십 분이나 걸었을까. 8차선 대로의 횡단보도에서 신호를 기다리던 형석의 건너편으로 공장으로 진입하는 골목이 눈에 들어왔다. 형석은 두리번거리며 매일 아침 마주하는 풍경을 찾았다.

공장으로 들어가는 골목 어귀에는 붉은 벽돌로 지어진 2층집이 있다. 그리고 그 앞에는 날이 흐리든 맑든 언제나 사족四足의 워커(보행보조기)를 짚고 있는 노인과 머리가 허옇게 센 그녀의 늙은 아들이 있었다.

자그마하니 쪼글쪼글한 얼굴의, 여든은 훨씬 넘어 보이는 노인은 언제나 불안한 듯 주위를 경계하며 두리번거렸고, 가끔 기분이 좋아 보이는 날에는 골목을 오가는 행인들에게 손짓을 하며 인사를 했다. 형석 역시 작년 가을 처음으로 노인의 인사를 받았고 그 이후에는 도보로 출근 할 때마다 아는 체를 하며 지나곤 했다. 그리고 네 번째 인사를 하던 날 형석은 노인의 큰아들이 되었다. 그날, 형석이 그네들에게 인사를 하고 안부를 묻자 말없이 바라보던 노인은 뜬금없이 반가워하며 그의 손을 부여잡았다. 노인은 '왜 이렇게 오랜만에 왔느냐고, 얼굴이 많이 상해 보인다' 며 애처로운 듯 연신 형석의 손을 쓰다듬었다. 그런 모친을 옆에서 바라만 보던 그녀의 아들은 '젊은 선생이 이해하소. 이 동네에 선생 같은 큰아들만 대여섯 명 된다오'하며 한숨을 쉬었다. '예예, 어르신이 고생이 많으시네요.' 웃음으로 받아주던 형석은 그날 이후 노파가 가장 좋아하는 큰아들이 되었다. 1년 내내 추리닝 차림만 고수하던, 머리가 센 예순 초반의 아들은 가끔씩 형석을 형님이라고 부르며 농을 건네기도 했다.

노인과 아들은 아침마다 승합차를 기다리고 있었다. 형석이 그들과 인사를 나눌 때나 아니면 승용차 안에서 진입신호대기를 하고 있으면, 옆구리에 무슨무슨 데이케어센터라 적힌 승합차가 노인을 태우러 왔다. 데이케어센터는 최근에 생긴 복지시설로 몸을 못 쓰거나 치매에 걸린 노인들을 낮 동안 보살펴주는 곳이라 했다. 노인이 요양보호사의 도움으로 승합차에 오르면 그녀의 아들은 손을 두어 번 흔들고 붉은 벽돌집으로 들어갔다.

형석이 출근할 때마다 마주치는 익숙한 풍경이었다.

형석이 다시 2층집 주위를 살폈다. 평소와 다름없는 시간임이 분명한데 그들 모자는 나와 있지 않았다. 노인이 아픈가보네. 조금 아쉬웠다. 매일 아침 담배로 하루를 시작하는 일처럼 노인의 데이케어센터 출근도 변함이 없어야 할 터인데, 그렇지 못해 개운치 않았다.

형석은 담배를 한 대 물고 골목 안 끝자락에 위치한 식초공장으로 향했다.

골목길의 중간쯤 왼쪽으로 나나슈퍼가 보였다. 나나슈퍼의 뒤란에는 나무판자에 매직으로 주차장이라고 쓴 팻말을 꽂은 30여 평의 공터가 자리했다. 형석이 주차를 하는 곳인데, 개인 부지에 그냥 팻말하나 걸어두고 무허가 주차장 영업을 하는 곳이다.

주차선이나 관리인은 없었다. 슈퍼의 주인이 지주이자 관리자였다. 녹색과 흰색의 줄무늬가 번갈아 인쇄된 누렇게 때가 낀 차양막과 그 위에 붉은 아크릴로 '나나슈퍼'라고 외치는 식료품점은 서너 평 구멍가게보다는 확실히 넓은 매장을 갖고 있었지만, 대형마트에 익숙한 주민들에게는 그냥 구멍가게 정도의 역할을 하고 있을 뿐이다. 안쪽이 보이지 않을 정도로 뿌옇게 먼지가 낀 새시 출입문 옆에는 열쇠로 잠가 놓은 냉동고가 있었고 오른쪽 귀퉁이의 안채로 들어가는 쪽문 앞에는 황구 한마리가 묶여 있었다. 어른 무릎 높이의 덩치를 지닌, 얼핏 보면 진돗개로 보이는 황구다. 물론 자세히 살펴보면 꼬리가 처지고 귀도 쫑긋하지 않아 순혈 진돗개는 아니다. 하지만 10년 가까운 고령에 성품이 점잖아 가게를 이용하는 손님들에게 짖거나 덤비는 경우는 없었다.

형석이 나나슈퍼를 10여 미터 앞서 남겼을 때 엎드려있던 황구가 머리를 쳐들고 일어났다. 그리고 슈퍼 쪽으로 다가오는 형석을 보고 낮게 으르렁거리기 시작했다. 이 개가 왜 이리 적대적이 되었는지 형석은 의아했다. 불과 몇 달 전만 해도 그를 보며 꼬리를 치지 않았는가 말이다.

사촌의 식초공장에 다니기 시작하며, 정확히는 나나슈퍼의 뒷마당에 주차를 하기 시작하면서 얼굴을 트고, 서로의 존재를 인정하는 사이가 된 거 아니었던가. 또한 형석은 황구의 앞을 지나칠 때면 으레 누렁아, 누렁아 하고 아는 체도 했고, 가끔은 차 안에 남겨져 있는 큰아들의 과자 부스러기들을 던져주기도 했으니 경계할 사이는 절대 아니었던 거다. 그러던 놈이 대략 한 달 전부터 ―정확한 일자는 기억나지 않지만― 형석에게 눈에 띄는 적대감을 드러냈다. 처음에는 그냥 으르렁거리고 경계를 하더니 형석이 걸음을 멈추고 아는 체를 하면 전신에 털을 곤추 세우고 맹렬하게 짖어댔다. 누렁이의 나이가 정확히 얼마인지는 모르지만, 형석은 붉은 벽돌집 노인의 모습을 떠올리며 개도 노망이 드나 하는 생각을 했다.

담배를 물고 황구 앞에서 잠깐의 눈싸움을 하고 난 형석은 목줄을 철컹거리며 짖어대는 놈을 뒤로하고 공장으로 발길을 옮겼다. 아무리 생각해도 도대체 누렁이 녀석이 왜 그리 날뛰는지 도통 알 수 없었다.

칠십여 미터 앞에 호프집 '길손 주막'과 세 집 건너 이웃한 식초공장이 어른거렸다.


50대 초반에 정수리가 훤하게 벗겨진 사촌형은 공장에 없었다. 9시가 다 됐는데 사무실에 출근한 사람이 아무도 없었다.

형석은 누룩을 뜨는 방의 도어락을 풀고 안으로 들어섰다. 고릿하며 시큼털털한 누룩 냄새가 그를 덮쳤다. 방안의 온도와 습도를 확인하고 누룩판에 담요를 걸고 한참 푸른색으로 피어나고 있는 누룩덩어리를 살폈다. 한 판씩 걷어내며 상태를 체크했다. 양호했다. 밀누룩이 아닌 이화곡梨花麯이다. 맵쌀로 누룩을 뜨는 것은 쉽지 않은 일이다. 제대로 된 이화곡을 만들기 위해 열 가마 이상의 쌀을 버렸다. 온도와 습도를 맞추는 일은 교본대로 되지 않았다. 이화곡은 형석과 그의 사촌이 열심히 연구하고 발굴한 레시피 대로 만들어지지 않았다. 그때그때의 기후와 외부의 환경적인 영향을 많이 받았고 그 변수들을 정리하기가 쉽지 않았다. 그들이 불규칙적이고 미묘한 느낌의 발효패턴을 안 것은 100킬로그램 이상의 누룩을 썩혀서 버리고 난 후였다.

형석이 사촌형의 전통식초 제조 사업을 함께 하자는 제의를 받고 회사를 사직한 것은 5년 전이었다. 내성적이지만 올곧은 성격으로 대인관계에 많은 압박을 받던 형석은 어차피 같은 정도의 수입이라면 마음 편한 곳에서 일을 하고 싶었다. 더불어 웰빙 바람을 탄 전통초醋 사업이 블루칩이 될 것이라는 믿음이 있었다. 형석은 식초에 대한 지식이 전무한 상태로 사업에 참여했다. 사촌형의 밑에서 식초가 무엇인지 바닥부터 배우며 일을 했다.

그들은 적지 않은 실패를 겪으며 꾸준히 사업을 진행했다. 사촌의 초기 투자금이 바닥날 즈음, 전통식초 공장은 정식 식품 가공업체로 등록이 가능해졌고 제품을 생산, 판매하는 정도의 궤도에 올랐다. 식초뿐만 아니라 이화곡과 밀누룩, 옥수수누룩 등 누룩도 상품화 하는 데에 성공했다.

2년 전부터 전통초 사업은 조금씩 수익을 내기 시작했다. 사업을 시작한 지 3년이 지난 후였다. 하지만, 사업초기의 마스터플랜과 조금씩 차이가 생기기 시작했다. 마케팅의 실패인지 아니면 형석과 사촌의 열정이 모자랐는지 매출은 쉬이 늘지 않았다.

설상가상으로 작년 가을부터는 주문량이 급격히 줄어들어 형석은 월급을 석 달째 받지 못하고 있었다. 공장의 직원이라야 형석과 그의 사촌형, 그리고 형수와 그녀의 남동생이 전부인 영세기업으로서는 불경기를 넘길만한 자금력과 노하우가 없었다. 사촌이 은행과 사채시장을 돌아다니며 해결책을 강구했지만, 별 소득이 없었다. 결국 형석의 아내는 영어학원의 강사 일을 시작하게 되었고, 형석은 점점 의기소침해졌다.

누룩방 바깥에서 철컹거리는 소리가 들렸다. 형석은 공장의 관리인으로 있는 사촌형수의 동생인 정남이라 추측을 했다. 한쪽 다리를 절뚝거리는 뒷모습이 정남이 맞았다. 얼마 전 술자리에서 그와 멱살잡이까지 했던 게 생각났다. 형석도 정남도 만취한 채 벌어진 일이라 무슨 일로 싸웠는지 기억이 선명치 않았다. 분명한 건 그 이후 서로 보고도 못 본 척하고 대화조차 없어졌다는 것이다. 정남은 형석보다 나이가 다섯 살이 어렸지만, 흔히 말하는 제멋대로이고 싸가지 없는 이기적인 성격이었다. 젊은 시절, 일정한 직업이 없던 정남은 결혼한 지 3개월 만에 이혼을 하고 그 이후 전국의 노동판을 떠돌며 생활했다. 조금이라도 돈이 모이면 한 방의 인생역전을 노리며 경마와 '바다 이야기'로 복권으로 돈을 날렸다.

하지만, 작년 초 공사현장에서 낙상한 후부터 정남의 생활은 조금 바뀌었다. 물론 사고로 인해 오른 다리 한쪽을 정상적으로 쓰지 못하게 된 것이 가장 큰 이유였지만, 그는 퇴원 후 지금까지 누이의 집에서 기숙하며 식초공장에서 근무하기 시작했던 것이다. 업무분장은 관리인의 직책이었지만, 그는 오지랖 넓게 모든 일에 참여했고 자기 말만 지껄여대는 속 편한 사내였다.

형석은 처음부터 정남이 마음에 들지 않았다. 그리고 근래 그가 더욱 싫어지고 혐오스러워 졌다. 비단 술자리에서의 멱살잡이를 했던 감정만으로는 설명할 수 없는 증오감과 투쟁심이 솟아올랐다. 왜 그렇게 싫고 역겨운 기분이 드는지 스스로도 알 수 없었다.

정남은 1톤짜리 회사 로고가 새겨진 탑차의 본네트를 열고 안을 들여다보고 있었다.

왜 아직도 출근한 사람이 하나도 없냐고 물어보려던 형석은 때가 되면 오겠지 하고 발걸음을 멈췄다.

날씨가 많이 풀어졌지만 하늘은 여전히 찌푸린 채 인상을 쓰고 있었다. 몇 시나 됐는지, 형석은 점퍼 주머니속의 스마트폰을 찾았다. 꺼멓게 죽은 스마트폰의 액정이 서너 조각으로 흉하게 금이 가 있었다. '언제 이렇게 깨졌지?' 그러고 보니 한동안 휴대폰을 이용하지 않은 거 같다. 그를 찾는 사람도 없고 그 역시 바쁘게 연락할 곳도 없어진 것 같아 조금 씁쓸한 기분이 들었다.

문득, 바람에 눈이 휘날렸다. 고개를 들어보니 정남은 어디론가 사라지고 하늘에선 눈꽃들이 떨어지기 시작했다.


테이블 위에는 닭 뼈가 가득한 앙증맞은 양동이와 빈소주병 둘, 접시 몇 개와 포크가 어지럽게 흩어져있었다. 형석은 언제 이렇게 먹었는지, 그럼에도 취기가 오르지 않는 것이 신기했다. 소주 한 병이면 얼굴이 붉게 달아오르고 혀가 꼬이는 주량인데 이날은 취하지가 않았다. 한 달에 적어도 서너 번 이상 들르는 호프집 '길손 주막'이다. 언제나 형석을 보고 '형님 오셨습니까' 하며 반갑게 맞는 사장 대식은 그의 고등학교 후배다.

카운터 위의 시계가 저녁 여덟시를 가리키고 있었다. 낮술로 시작한 건지 퇴근 후에 온 건지 기억이 흐릿했다. 형석은 닭튀김으로 더부룩하게 부른 배를 쓸며 치킨이 지겹다는 생각을 했다.

공장의 인근에 위치한 길손 주막은 형석의 피난처이자 휴식처 같은 곳이다. 2년 전 사촌형과 형수와 함께 사업체등록을 자축하기위해 처음 방문했는데, 술집 사장과 통성명을 하다 그가 고등학교 6년 후배라는 사실을 알게 되었다. 그 이후 길손 주막은 특별한 일이 있거나 없거나 그저 형석이 마음 가는대로 들르는 곳이 되었다. 형석의 자리는 정해져 있었다. 주방과 연결된 카운터의 맞은편 벽 쪽, 의자를 세 개 밖에 놓지 못하는 4번 테이블이 그의 고정 좌석이었다. 주로 혼자 와서 소주와 치킨을 먹든가. 맥주 한 잔 시켜놓고 신문이나 책을 읽으며 한두 시간 보내고 가는 형석인지라 4인용 테이블은 필요치 않았다. 대식은 넓은 자리에 앉으라 권했지만 형석은 작은 테이블이 마음 편했다.

대식이 보이지 않았다. 건물 옆 자투리 공간에 옹기종기 인테리어를 한 야외테이블에 간 모양이었다. 열 평이나 될까, 불그스름한 낮은 조명의 어둑한 홀에는 입구 쪽 벽에 붙어있는 40인치 티비만 환한 빛을 뿜고 있었다. 형석이 아무 생각 없이 티비에 눈을 주고 있을 무렵 딸랑거리는 소리와 함께 등산복 차림의 중년여자가 호프집으로 들어섰다. 두어 걸음 들어선 그녀는 잠시 발걸음을 멈추었다. 무심히 그녀를 한번 쳐다 본 형석은 다시 티비로 눈을 돌렸다.

챙이 있는 모자를 쓰고, 붉은 패딩과 무릎언저리에 노란 조각

천을 덧댄 바지의 중년여인은 조용히 창가 테이블에 배낭을 내려놓고 앉았다. 5분이나 지났을까, 출입문의 방울이 손님이 왔다는 것을 알렸는데도 사장이 나오지 않았다.

'이녀석이 뭘 하고 있길래 안 나오는 거야?' 형석이 테이블 위의 주문벨로 손을 뻗었다. 그때 주방 뒤의 출입문 여닫는 소리와 '어서 오세요' 하는 대식의 목소리가 들렸다. '그래야지. 손님 주문 받아야지.' 형석은 뻗었던 손을 접으며 담배를 집어 들었다.

물기 묻은 손을 앞치마에 닦으며 손님 앞으로 다가간 대식이 허리를 숙여 그녀의 주문을 받았다. 그러다 문득 형석을 향해 눈길을 준 대식은 조금 어색한 웃음을 띠며 다시 여인을 돌아보았다. 그리고 조금 후 대식은 굳은 얼굴로 형석을 일별하고 그녀에게 무어라 얘기를 했다. 그는 대화 중 가끔씩 형석을 흘끔거렸다. 둘의 대화가 끝났는지 대식은 그녀에게 '아, 예' 하고 돌아서 형석의 쪽으로 다가왔다.

"왜?"

형석이 대식을 보며 물었다.

그러나 대식은 말없이 그의 테이블을 한 번 행주로 닦고 돌아섰다.

"대식아— 왜 그래? 저 아줌마가 나하고 술 한 잔 같이 하자고 하냐?"

형석의 목소리가 작아 못 알아듣는 것 같았다. 형석 스스로 생각해도 요즈음 와이프나 주위 사람들이 그의 말을 한 번에 알아듣는 경우가 거의 없었다. 아마 목감기 때문에 가뜩이나 허스키한 목소리가 쉿쉿 하는 바람 빠지는 소리정도로 들리지 않나 싶다.

"사장님. 대식 사장님. 저 좀 보세요!"

주방에 충분히 들릴 정도로 크게 소리쳤는데도 대식은 나와 보지 않았다.

"얌마!"

형석은 소리를 높이며 맞은편 중년여인의 눈치를 살폈다. 아무리 손님이 그녀와 자신 둘 밖에 없다고 해도 조금 무례하다는 생각이 들었다. 그녀와 형석의 눈이 부딪혔다. 머쓱해진 형석이 그녀를 향해 '아, 여기 사장이 제 후배라서요. 큰 소리쳐서 죄송합니다.' 형석이 그녀에게 사과했다. 그녀는 여전히 그의 눈을 응시하며 '네…' 하고 머리를 끄덕였다.

"자식이 형님이 불렀으면 와 봐야지, 듣고도 모른 체 하네?"

자리에서 일어난 형석이 주방 쪽으로 걸음을 옮겼다.


"저기 괜찮으시다면 같이 한 잔 하실래요?"

뒤에서 그녀의 음성이 들렸다. 형석은 당황했다. 난생처음 모르는 여자에게 술 한 잔 하자는 제의를 받았다.

"예?"

어리둥절한 표정으로 돌아서는 그에게 여자가 말을 건넸다.

"이리 와서 앉으세요. 전 여기에 혼자 술 마시러 자주 와요. 사장님이 낯이 설지가 않네요. 사장님도 혼자 자주 오시죠?"

그녀가 형석에게 다시 앉으라며 손짓을 했다.

"아, 예. 저도 혼자 자주 옵니다만, 여사님을 뵌 적은 없는 것 같은데…"

형석이 조금 어색하게 대답을 하며 자리에 앉았다.

"아이, 여사님이라니요. 여사 아니예요. 아, 사장님이 저를 기억 못하신다니 조금 아쉽네요. 지난달 초에도 혼자 오셔서 책 읽다 가시지 않았나요?"

"아이구 죄송합니다. 제가 원체 기억력이 나빠서요. 그리고 저도 사장님 아닙니다ㅡ."

형석이 가볍게 머리를 숙이며 그녀의 말을 받았다.

"어머, 농담이에요. 사장님 항상 그 자리에 앉으셨죠? 그리고 대부분 책이나 티비를 보시면서 혼자 술을 드셨잖아요."

그녀는 형석의 좌석을 알고 있었다. 업무 중에 스트레스를 받거나 아니면 쓸데없는 중년의 감상에 젖을 때마다 길손 주막에서 자작을 즐기던 형석이 아니던가. 간단한 안주와 소주 한 병을 주문하고 조용히 생각에 잠기거나, 책을 읽거나 하며.

형석이 호프집을 찾는 시간은 대부분 퇴근직후의 초저녁이라 홀에는 다른 손님이 거의 없었다. 다른 손님이 있다 하더라도 혼자 즐기는 그가 술집에 손님들이 몇이나 있는지, 누가 자길 쳐다보는지 따위에는 아예 관심을 두지 않았다. 관심 가질 일이 아닌 거다.

형석과 마주 앉은 중년 여인은 자기를 영숙이라고 소개했다. 본명인지 가명인지 모르지만 형석은 영숙이란 이름이 흔하면서도 예쁜 이름이라고 추켜세웠다. 그녀는 민망하다고 미소 지으며 안주로 해물탕이 어떠냐고 물었다. 형석은 '어쩜 이리 제 마음을 잘 아느냐, 지금 닭튀김을 먹어 그러잖아도 속이 니글거리는데 그거 좋다'고 너스레를 떨었다. 그녀는 조용히 미소로 응했다.

형석은 평소와 다르게 흥분하고 있었다.

대식이 메뉴판을 들고 테이블로 왔다. 형석이 그에게 지청구를 떨 요량으로 손가락질을 하는데 영숙이 '사장님, 여기 소주 한 병과 해물탕 하나 부탁한다'며 빠르게 주문을 했다.

"그리고 여기 일행이 한 명 더 올 수도 있으니까요. 소주잔은 한 개 더 주시고요. 그렇게 세팅해주세요."

"예?"

대식이 몇 초간 그녀를 쳐다본 후 '알겠습니다' 하며 돌아섰다.

"일행이 오세요? 그럼 잔을 더 가져오라고 해야지요."

형석의 질문에 그녀는 옅은 미소를 지으며 확실하지 않으니 신경쓰지 말란다.

대식이 해물탕을 올린 휴대용 가스레인지를 테이블에 내려놓고 불을 올렸다. 소주병과 잔을 놓고 테이블 세팅을 마치고 돌아섰다. 언제 치웠는지 형석이 먹던 치킨과 소주병은 이미 보이지 않았다. '맛있게 드세요.' 형석은 돌아서는 대식에게 윙크를 했다. 하지만 그는 못 본 듯했다.

목줄기를 타고 내려가는 소주가 유난히 짜릿했다. 누군가와 함께 하는 술자리가 오랜만이어서 그런지 형석은 말이 많아지며 급속도로 취하기 시작했다. 홀로 전작한 소주 두 병의 취기가 영숙과 대작에 상승되어 올랐다. 누군가와 대화를 나누는 술자리, 그것도 또래의 낯선 여자와 하는 술자리는 형석을 설레게 했고, 십 년은 젊어지게 했다.

영숙의 외모는 형석이 처음 느낀 인상과 달리 이목구비가 정연하고 매끄러운 미인상이었다. 전체적으로 두상은 작았고 눈꼬리가 조금 올라간 듯 눈은 크고 선명했으며 코와 입은 달걀형으로 빠진 하관과 어울리게 배치되어있었다. 단지 전형적인 아줌마 퍼머로 부한 느낌의 헤어스타일이 그녀의 인상을 평범하게 만들었다.

그들의 대화는 형석이 자기소개와 더불어 전통식초에 대한 자랑과 홍보로 출발하였으나 두 병째 소주가 오고부터는 빗장이 풀린 형석이 자신의 가정사를 시시콜콜 풀어놓기 시작했고,

근래 자주 느끼는 허무함과 기억력의 감퇴 등 중년의 슬픔에 관한 넋두리로 이어졌다. 그리고 십 개월 된 막내아들에 대한 사랑과 재롱이야기로 마무리했다.

영숙은 형석이 힘을 주며 얘기할 때마다 적극적으로 머리를 끄덕이며 공감해주었다. 영숙은 나이가 마흔 여덟이고 군대에 간 아들이 한 명 있는 돌싱이라고 자기를 소개했다. 그리고 식초공장에서 멀지 않은 집에서 소규모 개인 사업을 한다고 했다.

형석은 즐거웠다. 누군가 자신의 얘기를 주의 깊게 들어준다는 게 이처럼 기분 좋은 일이었는지 새삼스러워 기분이 고조 됐다. 영숙은 조금씩 꼬이며 횡설수설하는 그의 얘기에 귀를 기울여 주었다. 그리고 가끔씩 눈빛을 반짝이며 형석의 눈을 응시했다.

형석은 길바닥이 좌우로 흔들리는 것을 느꼈다.

스스로 생각해도 어지간히 취한 것 같았다. 호프집을 나서면서부터 비틀거리고 갈지자를 그리던 형석이 전봇대에 기대어 섰다.

카운터에서 형석을 밀쳐내며 굳이 주대를 계산한 영숙의 모습이 떠올랐다.

"김 사장님. 함께 술 한 잔 할 수 있어 너무 고마웠어요… 지금 많이 힘드시겠지만 금방 모든 게 다 잘 될 거예요… 그럼, 조심해 들어가세요. 저도 들어갈 게요"

그녀는 형석에게 정중한 인사와 알 수 없는 말을 남기고 귀가
했다.

오전나절 내리던 눈은 멈췄다. 전봇대의 가로등이 거리를 비
추고 있었다. 형석은 주머니를 뒤적이며 담배를 찾았다. 안주머
니에서 꺼낸 담뱃갑은 비어 있었다. 담뱃갑 머리에 전화번호가
하나 적혀 있었다. 010-0000-000x. 기영숙. 볼펜으로 휘갈긴
형석의 글씨다.

'풋―' 풍선에 바람 빠지듯 웃음이 새어나왔다.

'난생 처음 본 여자가 술도 사주고, 클클… 전화번호까지 줬
네? 이거 나한테 마음이 있다는 거지? 이참에 연애 한 번 해
봐?… 킥킥킥'

초점이 안 맞는 눈을 부릅뜨며 번호를 살피던 형석이 어깨를
들썩이며 소리 내어 웃었다.

"푸하하, 염병한다. 생활비도 갖다 주지 못하는 가장이 무슨
연애? 월급 구경한 지가 언젠데 연애는 얼어 죽을… 지랄…"

그는 담뱃갑을 거칠게 구겨 내동댕이쳤다. 길 아래에서 '컹
컹'거리는 누렁이 소리가 골목길을 거슬러 올라왔다.

고지식한 형석이 처음 겪어보는 일이었다. 자신에게 술을 하
자는 여자도 처음이었지만, 아무리 술자리라고 해도 어떻게 낯
선 여자에게 자신의 속내를 그렇게나 거침없이 보일 수 있었는

지, 기분이 묘했다. 꼭 무엇에 홀린 것 같았다. 자신의 얘기를 공감하며 경청하던 그녀의 편안한 분위기에 취했는지 모른다. 아니면 호프집의 조명과 분위기에, 술에 취했는지도 모른다.

알 수 없었다. 하지만 정작 영숙에 대해서는 들은 게 별로 없었던 것 같다.

"후- 외로웠나 보다."

불그스레한 형석의 얼굴이 더욱 붉어졌다. 그는 양손으로 머리를 몇 번 쓸어 올리고 발걸음을 옮겼다.


언제 삼월이 되었는지, 형석은 연신 토스트를 먹으며 책가방을 챙기는 광식을 보고 시간이 참 빨리 지나간다고 느꼈다. 매일의 일상에 변화가 없기도 했지만, 근래 형석의 시간에는 어딘가 구멍이 생긴 것 같았다. 아이들과 마누라가 잠이 들면 새벽 한두 시까지 소리를 죽인 티비를 시청하고, 아침에 일어나 커피를 마시고 출근하고 그리고 퇴근, 티비시청….

어제와 다름 아닌 오늘이 언제나 같은 시간대에 있는 듯 형석을 혼란스럽게 했다.

"문 좀 살살 닫고 가!"

큰애를 향한 아내의 고함소리를 들으며 형석은 창고방에서 옷을 갈아입었다.

"다녀올게."

현관을 나서며 아내에게 외쳤지만 나와 보기는커녕 대답도 없었다. 막내 이유식을 먹이고 있는 모양이다. 형석은 빌라 주차장에서 차 열쇠를 꺼내어 언제나 주차하는 곳을 향해 리모컨 버튼을 눌렀다. '철컥'하며 잠금장치 풀리는 소리가 들리지 않았다. 형석은 어리둥절해 주차장을 둘러보았다. 그리고 자신이 차를 어디 주차했는지 생각하기 시작했다.

'아, 나나슈퍼에 있겠구나, 어제 술 마신다고 차를 안 갖고 들어왔지.' 채 하루가 지나지 않은 일임에도 몇 년이나 묵은 기억이 떠오르듯 찰나지간 형석의 머리를 스쳤다.

'확실히 이상해졌네. 병원에 가봐야 하나.' 그는 차키를 주머니에 넣으며 중얼거렸다.

스마트폰을 꺼내 시간을 보니 넉넉하진 않았지만 여유가 있었다. 그는 심호흡을 크게 하며 걸어가기로 마음먹었다. 대기에 봄 냄새가 섞여 있었다.

횡단보도 앞에서 신호를 기다리던 형석의 눈에 붉은 벽돌집이 들어왔다.

벽돌집 앞에는 쪼글쪼글하고 자그마한 노인이 허리를 구부리고 서있었다. 그녀의 아들은 보이지 않았다. 그는 한동안 보이지 않던 노파를 보자 맥없이 반가워졌다. 노인네가 어디 아팠는가 보다.

형석은 횡단보도를 건너 노인의 앞으로 다가가 아는 체를 했다.

"안녕하셨어요? 할머니 며칠 안 보이시던데, 어디 아프셨어요?"

노인이 천천히 그를 치어다보았다.

"…"

"오늘은 아드님이 안 보이네요. 아직 집에 있나 봐요?"

"… 자네는, 지금… 어디 가는가?"

기력은 없지만 차분하고 명료한 노인의 음성이 들렸다.

다른 사람이었다. 평소 자신을 큰아들로 생각하던 그 노인이 아니었다.

'허, 할매가 지금은 깨어있나 보네.' 노인의 명료한 음성과 침착한 눈빛에 잠깐 멈칫했던 형석이 이내 웃으며 대답했다.

"아, 저야 출근하는 중이지요. 보자, 데이케어센터 차 오려면 조금 더 기다리셔야겠는데요? 그런데 안 추우세요? 아직 쌀쌀한 거 같은데?"

"……"

노인은 말없이 형석을 보고만 있었다. 그녀의 눈길에 무안해진 형석이 스마트폰을 꺼냈다.

"어이구 출근시간 다 됐네요. 할머니, 저 이만 가볼게요. 건강 조심하세요."

"……"

인사를 하고 돌아서는 그의 뒷덜미로 나지막한 목소리가 따라 붙었다.

"… 출근할 일이 아닌 거 같은데…"

못들은 척 걷던 형석이 꺼림칙한 기분이 들어 돌아섰다.

열 걸음이 채 안 된 시간인데 그녀가 보이지 않았다. 데이케어센터 차가 도착하는 소리도, '어머니 안녕하세요' 하는 요양보호사의 목소리도 들리지 않았었다.

"뭐야, 내가 꿈을 꿨나…"

형석은 뭔가 하는 찜찜한 기분으로 천천히 발길을 옮겼다.


공장에서의 하루를 어찌 보냈는지 기억에 남는 게 없었다.

누룩내만이 형석의 코앞에서 어른거렸다.

하지만 아침과 달리 푸근해진 날씨 때문인지 퇴근하는 형석의 기분은 나쁘지 않았다. 길손 주막을 지나 빛바랜 나나슈퍼의 차양막이 눈에 들어왔다. 동시에 주차장으로 가는 형석을 향해 황구가 맹렬하게 짖기 시작했다.

'여지 없구만, 빌어먹을 놈.'

형석은 누렁이를 무시하고 주차장 입구에서 차키의 버튼을 눌렀다. 네 대가 주차되어 있는 공터에도 그의 차는 없었다. 차를 어디에 주차했는지 알 수 없었다. 기억이 나지 않았다.

엄지와 중지로 관자놀이를 누르며 생각을 더듬던 형석의 머리에 불현듯 출근길의 노인이 나타났다. 그녀는 형석에게 무어라 얘기를 하고 있었지만 들리지 않았다.

노인이 사라지고 조수석의 누군가와 거칠게 말싸움을 하며 시골길을 질주하던 자신의 모습이 떠올랐다. 연이어 도로를 얇게 덮은 눈이 햇빛에 반사돼, 강렬한 빛의 편린이 차창을 부수며 자신의 머리를 꿰뚫는 모습이 생생하게 눈앞에 펼쳐졌다. 환상인지 기억인지 알 수 없었다. 눈을 떠도 감아도 거부할 수 없었다. 그저 보이고 있었다.

형석은 말문이 막혔다. 아무 생각도 할 수 없었다. 동시에 가슴 깊숙한 곳에서 무언가 꿈틀거리는 것을 감지했다.

가슴이 울렁거렸다. 요 며칠간 공장에서 한 번도 보지 못한 정남에 대한 증오가 폭발하듯 솟구쳤다. 온 몸뚱이가 원한과 증오로 미어터질 듯 끓어올랐다. 터질 듯한 가슴을 움켜잡는 형석의 시야가 뿌연 안개로 가득 찼다. 누군가의 사망진단서를 하얀 봉투에 집어넣는 간호사의 손이 어슴푸레 비춰졌다. 곧이어 표현 못할 격렬한 두통이 엄습했다. 형석은 양손으로 머리를 움켜쥐며 바닥에 무너졌다.

자신의 주위가, 시간이, 기억이 모든 게 다 혼란스러웠다.

나침반의 자침이 끊임없이 돌고 있다.

형석은 막내가 간절히 보고 싶었다.

집에는 아무도 없었다. 대충 치우고 나간 듯 티비 방에는 막내의 기저귀와 장난감이 널브러져 있었다. '지금 시간이 몇 신데 아무도 안 왔어?' 형석은 툴툴거리며 기저귀와 장난감들을 정리했다. 시계를 보니 일곱 시가 지나고 있었다. 방을 대충 치운 형석이 서재에서 옷을 벗었다. 서재는 여전히 추웠다. 거울 받침대 위의 병원 각봉투가 안보였다. 애 엄마가 치운 모양이다. 형석은 갈아입을 속옷과 잠옷을 챙겨 화장실로 향했다.

전화벨이 울렸다.
형석은 화장실 앞에서 수건으로 몸의 물기를 닦았다. 전화벨은 신경 쓰지 않았다. 어차피 자동 응답 기능이 있으니 서두를 필요도 없었고, 아쉬운 사람이 다시 전화할 일이었다.
울리던 벨은 형석이 머리를 털며 방으로 들어서자 멈추면서 기계적인 안내음과 함께 자동 응답 상태로 전환됐다.
「후우… 희경아 핸드폰이 아직 꺼져 있네? 언제나 들어오니?」
땅이 꺼지는 한숨으로 낯익은 목소리가 전화기에서 흘러나오기 시작했다. 같은 동네에 사는 아내의 절친 오연의 목소리였다.

「사십구재 잘 치렀니? 이제 광식이 아빠 좋은데 갈 거야… 그리고 내가 지난번에 알아봐주겠다고 한 보살 말이야. 나중에 다시 전화하겠지만 일단 이름하고 전화번호 남겨놓을게. 전화번호는 010-0000-000x이고 이름은 기영숙이야. 옆 동네 살아. 집에 당堂을 차리진 않았지만— 아무튼 같이 가자. 광식이 아직도 악몽 꾸고 잠꼬대 심하게 한다며… 작은애는 어디 아픈데 없지? 아무튼 기운 내. 내일 다시 전화할게.」

"허허허……"
형석의 텅빈 웃음이 방 안을 맴 돌았다.

궁합

나른한 오후다.

상식은 양팔을 뻗지르며 의자에서 허리를 비틀어 본다. 입에서 절로 비명 같은 신음이 터졌다. 어깨를 돌리고 머리를 돌린다. 어이구 삭신이야. 거북목이 되겠네.

늦은 여름, 입추가 지났어도, 오후 네 시가 됐어도 태양은 뜨겁기만 하다. 옥탑 방이라 그런가. 창문을 뚫고 들어오는 햇살은 여전히 뜨겁고 실내는 답답했다.

지난 봄, 상식은 옥상의 물탱크 창고를 서재로 만들었다. 인터넷을 뒤져 사진과 동영상으로 배우며 나무 바닥을 깔고, 알루미늄 새시 벽면에는 구조목까지 짜며 석고보드로 단열시공을 했다. 45년 평생 처음 해보는 일이었음에도, 천장의 몰딩까지, 완벽하게 시공했다. 물론 상식의 눈에만 완벽한 것이 아니다. 그의 아내와 아이들도 목수로 전향하라며 아버지의 '금 손'을 찬양했다. 자재 값과 인건비로 적어도 백만 원 이상이 들어가야 할 시공을 기십만 원으로 완공했다.

그리고 한두 달, 본격적인 여름에 들어가기까지는 서재에서 흡족하게 지냈다.


책상 밑에 머리가 꺾어진 선풍기가 털털거리며 돌고 있다. 바람도 뜨겁다.

'어휴, 덥긴 덥네. 에어컨을 한 대 놔야 하나.'

상식은 모니터 옆에 담뱃갑을 집어 들었다. 한 모금 깊이 뱉어내니 더위가 한풀 죽는다.

창문으로 향하는 빛의 길을 초연이 휘감는다. 상식은 최대한 모니터를 피해 연기를 뿜었다. 그래야 무슨 소용이 있을까마는, 출력해놓은 자료의 겉지가 누렇게 변색되어 있는 것을 보면, 절로 욕이 나왔다. 아무리 애연가라도 담뱃진은 더러운 때같이 느껴진다.

'내 폐도 저렇게 누렇게, 아니 누렇다 못해 시커멓게 담뱃진

이 붙어 있겠지?'

제 색깔 위로 누런 덧색을 입은 포스트잇이 모니터 측면과 하단 틀에 다닥다닥 붙어 있다.

상식은 1년에 160일을 고민하는 금연이라는 화두를 꺼낸다. '지랄한다. 영 힘들고 아니다 싶으면 몸이 거부하겠지. 아님 말고…' 어제와 같은 결론을 내리고 있을 때 스마트폰이 노래를 한다. 「~창문을 열고 음, 내다 봐요, 저 높은 곳에 우뚝 걸린 깃발 펄럭이며…」 세진이다. 고등학교 동창의 전화다.

"그래. 그냥 있지. 소설은 뭐… 그래? 창수가? 어이구 웬일이래? 알았어. 그래. 여섯시 반, 거기서 봐."

상식은 시간을 확인한다. 네 시 십오 분, 여섯 시 반이니까. 한 시간쯤 있다가 슬슬 걸어가면 얼추 맞겠다 싶었다. 잘 됐다. 그러잖아도 풀리지 않았는데… 상식은 모니터의 한글 창을 내리고 인터넷 창을 띄웠다. 그리고 즐겨 찾는 게시판으로 향했다.


「드르르르륵…」

무드 램프 밑에서 스마트폰이 떨고 있다.

창수는 성가신 표정으로 전화기를 집어 들었다. 상대를 확인한 창수는 몸을 일으켜 침대에서 빠져 나왔다. 헛기침을 몇 번 하고 통화버튼을 터치한다.

"여보세요? 응. 나야. 어쩐 일이야? 오늘 내일 세미나라며. 어, 그래, 나도 당근이지. 오늘? 오늘은 안돼. 간만에 고등학교 동창들 만나러 왔거든. 응. 연신내. 그래, 알았어. 나중에 다시 전화해, 미투!"

"오빠. 누구야? 여자야?"

엎드린 채로 자고 있었는데, 깼나 보다. 나영이 창수를 바라보며 물었다.

"응. 대학원 동기."

"대학원 동기가 왜? 내가 아는 여자야?"

나영은 잠이 덜 깬 음성으로 또박또박 물어본다.

"니가 봤나? 모르겠는데? 왜? 설마 지금 질투하는 거야?"

창수는 시트를 올리며 나영의 옆으로 파고들었다.

"질투는 무슨…, 나 아니면 누가 오빠를 만나 주냐. 어어ㅡ 악. 간지러ㅡ"

창수는 나영을 바로 뉘이고 그녀의 입술을 물었다.


"지금 몇 시지?"

나영이 일어나며 시간을 묻는다.

"응. 다섯 시 오십 분."

"오빠 여섯시 반에 약속 있다고 하지 않았어?"

"응, 요 위에서 만날 거야."

"그럼 이제 씻고 준비해야지."

나영이 창수의 팔을 밀어내고 욕실로 향했다.

창수도 일어나 티비를 켰다. 냉장고에서 음료수를 꺼내 입에 털어 넣었다. 스마트폰이 깜박이고 있다. 문자가 왔단다.

─자갸, 사랑해. 나중에 전화할게 ♡♡

풋. 창수는 실소를 흘리며 화면을 죽였다. 그리고 전화를 건다.

"예. 접니다. 오늘 못 들리니까 형님이 결산 좀 해주세요. 예. 아, 걔는 그냥 잘라요. 뭔 말이 그렇게 많아. 예? 하. 뭔 말이 되는 소릴 해야지. 어이가 없네. 내일 얘기하자구 하세요. 예. 내일 봬여."

창수는 스마트폰을 침대에 내던졌다.

"왜? 오빠, 가게에 뭔 일 있어?"

"아니야. 아무 일 없어."

'얘는 귀가 좋은 거냐, 아니면 이제 오바질 시작이냐, 지가 뭐라구 전화 내용에 일일이 참견을 해─' 창수는 싸한 느낌이 들었다. 하지만, 환한 미소를 지으며 일어나 나영의 볼에 입맞춤을 하고 욕실로 들어갔다.


세진은 마흔 중반이 될 때까지 여권女權이란 걸 몰랐다. 십년 넘게 여자와의 인연도 없어 그냥 몽달귀신의 운명이라 믿으며 적응하는 중이었다. 여름이 시작하며 생긴 짜증이 머릿속을 찜통으로 달구기 전에는.

출력해야 할 팸플릿 문제로 충무로에 가는 길이었다.

평소에도 유동인구가 적지 않은 전철역이지만 그날따라 유난히 많은 인파들이 북적거리고 있었다. 지하철 입구의 벽과 여분의 공간마다 수많은 포스트잇과 꽃송이들이 자리를 차지하고 있다. 통행로를 제외한 공간에는 대형 화환도 서너 개 설치되어 있었다. 몇몇 여자들이 무리를 짓고, 구호를 주고받으며 군중들의 호응을 유도하고 있었다. 시위를 하는 모양인데, 준비된 모임은 아닌 듯 어설프다.

'여성 혐오를 중단하라', '여자라서 죽었다.' 세진은 귓가에 따라붙는 소음을 뒤로 하고 잰걸음으로 계단을 내려갔다.

인쇄소에서 일을 마치고 나니 퇴근 시간이 지나 있었다. 회사에 전화를 했다. 몇 개의 장기 프로젝트가 진행 중이고, 여름 한정 마케팅으로 모두 바빴지만, 부장은 퇴근을 선선히 허락해 주었다.

집까지 전철로 한 시간, 세진은 스마트폰의 문을 열고 이진법의 세상에 뛰어들었다.

예상대로 오늘도 많은 일이 있었다.

조현병 환자가 노래방 화장실에서 일면식도 없는 처녀를 살해한 지 사흘이 지난 시점, 온라인 세상에서는 천재지변이 일어나고 있었다. 몇십 년간의 여성혐오가 드디어 '단지 여자라는 이유'만으로 살해를 당할 지경까지 이르렀다며, 천생의 굴레에 치를 떠는 절규가 활화산처럼 타오르고 있었다. 반면 한편에서는 '피해망상에 절어 사실을 왜곡하고 선동과 날조로 판을 벌리는 병신들의 지랄방광'이라는 쓰나미가 커뮤니티 게시판을 삼키고 있었다.

"미친년들…"

세진은 조용히 한숨을 내쉰다.


"그냥, 이제는, 더 이상 만나기가 힘들 거 같아…"

"그러니까 이유가 뭐냐고? 남자가 생긴 거야? 아니면 이제 공무원 합격했으니 나 같은 무지렁이는 필요 없다는 거야?"

그녀가 눈을 세모지게 홉뜨며 날카롭게 말을 이었다.

"그게 아니라니까. 무슨 말을 그렇게 해? 나는 뭐 이런 말 속 편하게 하는 거 같아? 자긴 맨날 그래. 자기 생각밖에 안 한다구, 그래. 솔직히 말 할게. 자기가 남자로 보이지 않아. 그동안 나한테 잘해준 거 고맙게 생각해. 하지만, 나도 자기가 보자고 하면 공부하기도 부족한 시간 쪼개서 데이트 했구, 나름 할 만큼 했어. 나 공무원 붙은 건 지금 이 얘기랑 아무 상관없는 일이야. 작년부터 계속 말해야지 하면서 못했던 거야. 계속 마음에 두고 있다가 이제야 큰 맘 먹고 얘기하는데 오히려 진작에 얘기할 걸 그랬나봐. 꼭 내가 시험에 합격하니 자기를 내치는 것처럼 오해하지 말아줬음 좋겠어. 나 그렇게 나쁜 년 아니야. 아니 말하는 거 보니 그렇게 생각하고 있는 거 같네… 그래. 그렇게 생각하려면 그러든가. 이제 무슨 말을 하든 내 얘길 믿겠어? 더 할 말 없어. 마음대로 해."

"……"

앞에 서 있는 여자는 세진이 알던 여자가 아니었다. 세진은 부들거리며 큰 숨을 내 뱉었다.

있는 힘껏 따귀를 후려치고 고꾸라진 얼굴을 발로 걷어차고 싶었다.

"…… 나, 갈게…"

세진의 얼굴이 붉게 상기되자 그녀가 낮은 음성으로 마지막 인사를 했다. 그리고 뒷걸음질로 그의 인생에서 사라졌다.

그냥 그렇게 끝났다. 29년의 삶에서 진심으로 사랑한 처음이자 마지막 여자, 고등학교를 졸업하고 키스해 본 유일한 여자였다. 4년 전 고시학원에서 만나 3년 동안 사귀었던 여자다. 아니, 사귀었다고 착각한 여자였다. 사귄지 1년이 되는 날 처음으로 키스를 했다.

소위 고등학교 일진시절, 여자애들과의 섹스는 그리 신기한 것도 대단한 것도 아니었다. 하지만, 정신을 차린 후에는 지나온 시간이 남의 일같이 신기하게만 느껴졌다.

첫 키스는 아니었지만, 어느 시인의 얘기처럼 날카로운 충격이었다.

기가 막힌 일이지만, 세진의 인생을 바꿔 버렸다. 그녀와의 키스로 그는 어른이 되었고 부모는 남이 되었다. 그녀는 세진의 세상이 되었다.

세진은 군대를 전역한 후 집을 나왔다.

열여덟 평 반지하에서 한숨과 걱정을 달고 사는 부모와 부대끼기 싫어 '공시'를 이유로 출가했다. 매월 송금을 받거나 집에 들러 얻어가는 지원금은 20만 원, 썩어 무너져가는 고시원 월세뿐이었다. 살려면 일을 해야 했고, 세진은 열다섯 시간을 두 개의 아르바이트에 쏟아 부었다. 솔직히 어려서부터 공부 머리 보다는 주먹 맵시가 더 두드러졌었다. 그나마 마지막 1년간 정신을 차려, 간신히 수도권의 전문대에 입학했고 졸업과 동시에 입대했다.

30개월의 군 생활을 마치고 전역한 세진에게, 현실은 그저 엄격하고 냉혹하기만 했다. 그가 유일하게 갖고 있는 건 몸뚱이 하나뿐이었다. 세진은 한동안 염세적인 무기력에 빠져 살았다. 주위 사람들을 멀리하며 아주 가끔 불현듯이 솟아나는 의욕과 열정을 스스로 억눌러 삭였다. 무일푼 상황에서, 열정은 위험하거나 미래가 없는 일을 부추기곤 했기 때문이다.

학원과 아르바이트를 오가며 목적 없는 삶을 살던 세진에게 그녀는 희망이고 언덕이며 사랑이었다. 삶의 의미가 그녀에게 있는데, 공부가 무슨 대수냐 싶어 학원을 정리했다.

세진은 고시원에서 한 시간 거리의 공장에 취직했다.

단순한 노동과 생활에 만족했다. 그리고 고향을 떠나 천리 타향에서 공무원 시험을 목표로 젊음을 태우는 연인에게 진심을 전하기 시작했다. 그는 공장에 취업한 후 2년 간 그녀의 고시원비와 책값을 보탰고 시험 전 6개월 동안은 학원비까지 지원했다.

하지만, 그의 정성과 진심은 그녀가 원하는 남성상을 채우지 못했다. 그녀가 떠난 후에야 자신의 모자람을 인정할 수밖에 없었다.

세진은 조선시대 사대부가의 규수 같은 그녀의 선명한 연애관에 전적으로 동의를 했다. 약속은 지켜야하기에 키스 이상의 스킨십을 나누지 않았다. 가끔씩 그녀가 술이 취해 달뜬 호흡으로 몸을 밀착해도 그는 의도적으로 엉덩이를 빼며 불경한 하체가 닿을까 경계했다. 육체적인 감정과 욕망을 마음껏 휘두르던 십대로 돌아가고 싶지 않았고, 그녀에게 짐승이 되고 싶지 않았다.

하지만, 세진이 욕정을 극복하고 뿌듯해 할 때 새어나오는 그녀의 희미한 한숨은 그를 번민에 빠뜨리곤 했다. 그 미세한 호흡을 납득할 수 없었다. 섭섭했다.

'우리 약속을 지키고 있는 내가 자랑스럽지 않아? 난 자랑스러워. 니 한숨은 아쉽다는 뜻이 아니지? 믿음과 안도의 뜻이지? 그래, 그럴 거야.'

그는 조용히 자문자답했다.


세진의 서른 살 생일에 친구들은 '10년 넘게 섹스를 하지 않았으니 넌 곧 도사가 될 거다.', '출가해라. 큰 스님이 될 거다'라며 조롱과 야유로 안스러워 했다.

그녀와 헤어지고 7년간 그냥 살았다.

직장을 옮기고 대우도 나아져서 수중에 돈은 조금씩 모였지만 새로운 인연은 찾아오지 않았다. 세진 역시 적극적이지 않았다. 삼십 중반을 넘기면서는 홀로된 그의 모친이 닦달해 수차례 맞선을 봤지만, 이루어진 성사는 없었고, 그는 계속 시큰둥했다.

세진은 취미가 웹서핑인 무취無臭한 일중독자로, 하루하루 흑백사진의 풍경처럼 살고 있었다. 그의 유일한 낙은 1년에 서너 차례 만나는 고등학교 동창들과의 술자리 뿐이었다.


불혹의 나이가 되어 동창회에서 만난 친구들은 세진에게 존경과 찬탄을 보냈다.

'세진아. 잘 살고 있다. 억지로 여자 만나지 마라. 만나도 연애만 해라.', '니 숯 봐봐라. 너만 20대다. 아무리 쳐도 30대 초반으로 밖에 안 보인다. 앞으로도 꿋꿋이 정결하게 120살까지 살아라. 시간 나면 내 무덤 벌초 좀 해주고.'

진심인지 모르겠지만 놈들은 세진을 부러워했다.

*

―그래, 거기서 봐, 네시.

혜연의 엄지 손가락 두 개가 화면 위를 분주하게 움직였다. 채팅 대상이 바뀌자 화면 하단에 '오빠'을 입력한다.

―오빠 ♡♡♡

1분이 채 지나지 않아 물음표 두 개, 동그라미 두 개가 채팅창에 떴다.

―?? ㅇㅇ(왜? 응)

―뭐해? 오늘 약속 있는 거 알지? 5시. 종로, 민들레의 영토

―너무 이른 거 아님? 일찍 나와도 여섯시

―먼저 만나서 얘기도 하고 놀고 있지, 뭐

―오케. 바로 갈게

―빨리 와야 돼

―ㅇㅇ(웅)

혜연은 카톡을 종료하고 침대에 몸을 눕혔다.

세시니까 종로까지 한 시간 잡고, 대략 한 시간은 뒹굴 수 있었다. 하얗고 갸름한 손가락이 전화기 화면을 유려하게 미끄러진다. 남희의 소개로 가입한 커뮤니티의 글들이 떠올랐다. 최고 조회 수를 기록한 게시글들을 하나씩 열어 본다. 화장품 사용 후기, 남자친구에게 서운했다는 얘기, 한참 인기몰이를 하는 남자 아이돌 얘기 등, 언제나 친구들과 소소하게 나눌 수 있는 정보들이 흘러넘친다.

"또, 한남충이네, 뭐네 하는 글이 있네? 한국남자벌레? 어휴… 한남충이 뭐야, 한남충이."

게시판 사이사이에 '워마드 펌'이라는 말머리를 단 게시물이 적지 않게 끼어있었다. 혜연은 게시글을 하나 열어보며 눈살을 찌푸린다.


―나년이 재기썰 쓴 게 살인으로 신고되서 참고인 조사로 내일 와서 진술서 쓰라고 하노. 왕복 9시간 넘는데 담당형사는 살인으로 신고되서 이관하기 힘들다하고 이 문제로 변호사한테 상담받으러 가니까 앵무새처럼 아니 이 글은 왜 썼어요? 따지기만 하고ㅋㅋㅋㅋㅋㅋㅋㅋㅋㅋㅋ 아니 걔네는 내 말은 안 듣고 지 주장만 따박따박 따지기 신공 오지노. 그깟 글이 뭐라고 그리들

자들대는지 딱 봐도 허술한 주작 글이구만… 실제 살인 자백들 같다고 묘사가 실제 살인한 것 같다고 ㅋㅋㅋㅋㅋㅋ 분탕잦 진 짜 죽어버리고 싶노ㅋㅋㅋㅋㅋㅋ 돈도 없고 집안사정도 좆같은 데다가 시간도 없는데ㅋㅋㅋㅋㅋ 이 글 분탕잦이 보면 좆물 질 질 흘리면서 아헤가오 할 생각에 더 좆같노. 진술서 작성할 때 무슨 팁 있노? 이것저것 가져갈 자료 찾다가 변호사 상담 받고 멘붕와서 그냥 빈손으로 갈 생각이노ㅋㅋㅋㅋㅋㅋ

혜연은 괜히 열어봤다는 생각이 들었다. 도대체 무슨 말을 하는지 알 수 없었다. 맞춤법은 그러려니 해도 글 자체가 저질스럽고 혐오스러웠다. 게시글 아래에 달리는 댓글들을 보니 대략의 상황이 정리된다. 워마드라는 인터넷 커뮤니티의 회원이 자기가 살인을 했다는 망상 글을 써서 게시판에 올렸고, 그 게시물 분탕을 다른 커뮤니티의 남자가 경찰에 신고해 조사를 받으러 가야한다는 내용이었다.

'정신적으로 문제가 있는 애네, 아니면 관종(관심에 목말라 하는 사람)인가 보네.'

혜연의 미간에 깊은 골이 생긴다. 왜 이런 거짓말을 할까.

중 2병인가? 읽으면 짜증이 나는 글은 보고 싶지 않았다. 가관인 것은 본문 아래의 댓글들 역시 글쓴이를 격려하고 응원한다는 점이었다.

─보지 대장부가 그 정도로 쫄리노?, 그 경찰들도 어쩔 수 없는 한남충이다. 기운내라 이기. 응원한다.…

짙은 화장을 하고 몰려다니며 추레한 욕지거리를 하던 중학교 때의 일진들이 떠올랐다. 이 커뮤니티의 가입자격이 스무 살 이상의 여자인 걸로 알고 있는데, 이렇게 육두문자를 스스럼없이 내뱉는 사람들이 있다는 게 신기했다.

'세상에는 가지각색의 사람들이 있으니까. 좀 난폭한 사람도, 정신연령이 낮은 사람도 있겠지.' 혜연은 애써 합리화를 하며 게시글을 닫았다.

혜연은 커뮤니티의 맛집 게시판과 영화 게시판의 페이지를 넘기며 최근의 핫한 아이템을 체크했다. 그리고 몇 개의 게시물을 즐겨찾기에 추가한 후 자리에서 몸을 일으켰다.

종로의 YMCA 앞에서 만난 남희는 많이 밝아진 모습이었다. 혜연이 어학연수를 끝내고 만났던 1년 전보다, 남자친구를 소개하며 만났던 두어 달 전보다 확실히 밝아져 있었다.

그녀들은 반갑게 인사를 나누며 카페 '민들레의 영토'로 향했다.

"너 아직도 그 오빠 만나? 요즘도 한 시간마다 카톡 해? 아,

오빠 차는 샀어?…"

남희는 자리에 앉으며 숨넘어가듯 혜연의 근황을 묻기 시작했다. 혜연은 웃으면서 뭐가 그리 궁금한 것이 많냐며 나름대로 응수해준다.

"혜연아, 지금도 데이트 통장 써?"

"응. 오빠가 취직을 했어도 아직 신입이잖아. 그리고 당장은 결혼 생각이 없지만, 길게 보면 데이트 통장, 괜찮지 않아?"

"혜연아. 그런데 나는, 아무리 생각해도 니가 아까운 것 같아. 헤어지셨지만 어쨌든 부모님 모두 건재하지, 유학으로 영어 되지, 얼굴 몸매 어디 하나도 꿀릴 거 없는데, 하필 지훈 오빠야 ― 대기업이긴 하지만, 전문직에 비하면 조금 빠지는 게 사실이잖아. 다른 사람들 만나다 보면 오빠보다 더 나은 사람 없겠어? 그리고 이제 스물 셋인데, 뭘 길게 봐, 이 사람이다 싶으면 그때부터 길게 보는 거지. 아직은 여러 놈 더 만나 봐야 하는 거 아냐?"

"하, 그런가? 이놈 저놈 더 만나봐? 하하. 얘는~. 날 그렇게 봐주는 건 고마운 데 오빠 좋은 사람이야. 나한테도 잘해주구. 아직은 다른 놈 만날 생각 없어. 오빠와 인연이 된 것도 너무 고맙고 행복한 일이야."

남희의 말을 받던 혜연의 볼이 붉어졌다.

"어이구, 열녀 나셨네… 대체 오빠가 너를 어떻게 후려치고 맨스플레인을 했길래 니가 그런 생각을 하는지 모르겠네."

"응? 뭐라구?"

맨스플레인? 남희의 말이 깔끄럽다.

"주문하신 차 나왔습니다. 카라멜마끼야또 어느 분이시죠?"

혜연의 굳어진 표정이 서빙의 목소리에 묻힌다. 그녀가 커피와 차를 내어놓고 돌아서기까지 잠깐의 침묵이 흘렀다.

"남희야. 뭐라고 하는지 잘 모르겠어, 그게 무슨 말이야? 후려치다니? 뭘 후려쳤다는 거야? 맨스플레인은 또 뭐고?"

"에휴, 이 답답아. 후려친다는 말 몰라? 그냥 싸잡아서 상대방을 깎아 내린다는 거 아냐. 맨스플레인은 여자들의 지적능력이나, 다른 여러 능력을 무시하고 남자들이 자기가 무슨 인생의 선생인 것처럼 훈계조로 가르치는 거, 그걸 말하는 거고."

혜연이 남희의 말을 끊었다.

"아냐. 남희야. 후려친다는 말은 뭘 세게 때린다거나 아니면 물건 사면서 값을 깎을 때 쓰는 말이잖아. 그리고 맨스플레인은…"

"그래 맞아. 말 잘했어. 너도 잘 아네. 그거야. 값을 후려친다는 말. 여자의 능력을 후려친다는 거, 그거야. 그리고 맨스플레인은 잘 들어봐. 원래는 남자(man)와 설명하다(explain)를 결합한 단어야. 대체로 남자가 여자에게 잘난 체하며 아랫사람 대하듯 설명하는 걸 말하는 거야. 레베카솔닛이라는 작가의 얘기에서 시작했다고 해. 이 작가가 어떤 남자하고 만나서 자기소개를 하며 '나는 A에 대한 책을 썼다'라고 하자, 그 남자가 A에 대한 것이라면 최근 중요한 책이 나왔다고, 그걸 아냐며 한참동안 A에 대해 아는 척, 잘난 척을 했다는 거야. 그러자 함께 동석했던 솔닛의 친구가 그 남자의 얘기를 끊으면서 A에 대한 바로 그 책을 쓴 저자가, 바로 여기 있는 솔닛이라고 알려줬다는 거야. 그런데 이 남자는 분위기 파악을 못하고 계속 같은 말을 반복했대. 그러니까 동석했던 사람이 다시 그 책의 저자가 여기에 있는 솔닛이다 라고 몇 번을 얘기했다는 거지. 한참을 그러고 난 다음에야 남자가 말귀를 알아먹었다는 거야. 그런데 웃기는 건 그 잘난 척하며 A에 대해 아는 척 떠들던 게, 두어 달 전 신문에 난 서평 내용이 다였다는 거지. 그러니까 내가 얘기한 건 지훈이 오빠가 너한테 무슨 얘길 어떻게 했는지…"

의기양양하게 막힘없이 쏟아지는 남희의 얘기를 혜연이 다시 막았다.

"그러니까, 오빠가 나하고 데이트를 하면서 내 자존감을 후려쳐 스스로 모자란 사람으로 생각하게 하고, 맨스플레인으로 날 세뇌시켰다. 이 얘기를 하고 싶은 거야?"

혜연이 정색을 하자 남희의 눈빛이 흔들렸다.

"아니, 뭐 꼭 그렇다는 게 아니라, 대부분의 남자들이 그러니까. 물론 지훈이 오빠는 안 그랬겠지만, 난 니가 그 오빠보다 더 좋은 남자를 만날 수 있을 거라고 생각하다 보니 말이 좀 거칠어졌나봐. 그래… 니가 그렇게 생각 안 하고 오빠도 널 그렇게 대하지 않았다면 다행인 거지. 아니 당연한 거지. 뭐."

혜연은 더 파고들어봐야 서로에 상처만 남을 것 같은 기분이 들었다.

"휴… 남희야… 그래. 날 생각해서 그렇게 걱정한 거라 믿을게. 하지만, 걱정하기 보다는 날 더 응원해줬으면 좋겠어, 나, 보기보다 고집도 있고, 알잖아. 나 바보 아냐. 연수 가서 얼마나 놀고 싶었는지 몰라. 그렇지만, 정말 독하게 마음먹고 딴 짓, 엄한 짓 한 번 없이 다 끝내고 돌아왔어."

"그래, 혜연아. 심하게 얘기한 거 같아 미안해. 내가 왜 모르겠니. 중학교 때부터 너만큼은 변함없는 내 친구라는 거 확인했고, 나 때문에 그 미친년들한테 너도 스트레스 많이 받았잖아… 그년들이 너한테 지분거리기도 하구, 그때 너한테 정말 미안했어. 그래도 넌 계속 상위권 성적 유지했고, 겁먹지 않았잖아… 솔직히 니가 내 친구라는 게 얼마나 고맙고 자랑스러운지 몰라."

"그래. 고마워, 그나저나 넌 어때. 지난번에 얘기했던 작업들은 잘 되고 있어?"

"응ㅡ. 학원 샘들하고 친해져서 이번에 몇 개 동인전에 같이 작업하기로 했어, 또 다른 샘은 자기가 하는 차기 작품 자료 수

집하고 콘티 짜보라며, 마음에 들면 같이 하자구 제의도 했고, 잘 되면 올해 안에 데뷔할 지도 몰라."

"어머! 정말 잘 됐다. 그럼, 니 실력이면 벌써 데뷔했어야지. 샘 마음에 들도록 열심히 해 봐, 내가 도와줄 거 있음 말하구…"

그녀들의 대화가 다시 온기를 머금기 시작했다.


여섯시 반쯤 지훈이 그녀들과 합석했다.

그들은 카페에서의 자리를 정리하고 인근의 호프집으로 향했다.

"자, 자, 해가 아직도 하늘에 걸려있지만, 일찍 시작하고 늦게 들어갑시다. 우리 남희씨. 여기 메뉴판. 요기될 만한 안주로 시켜요!"

지훈이 너스레를 떨며 메뉴판을 펼쳐 보인다.

훈제오겹살과 소맥폭탄주로 시작한 술자리는 웃음과 농담이 오가며 화기로웠다.

남희는 간만에 느끼는 따듯함과 배려에 기분이 고양되었다. 참 오랜만에 환하게 웃는 것 같았다. 스스로 대견하다는 생각이 들며 시나브로 알코올에 젖어갔다.


이목구비가 반듯하면서 눈이 크고 코가 오뚝한 혜연이가 웃고 있다.

하지만 단정하고 우아한 미안美顔과는 달리 털털하면서도 조신하고, 여성스러우면서도 강단이 있는 아가씨다. 그리고 그녀를 웃게 만드는 남자는 언제나 부드러운 미소를 머금고 있었다. 비록 180에서 3센티 모자라는 보통 키지만, 단단한 체형과 긴 다리의 이상적인 신체비율은 뭇 이성들의 시선을 끌기에 부족함이 없었다. 선남선녀라는 말에 너무 잘 어울리는 커플이다.

테이블에 턱을 괴고 있던 남희는 엎드리며 얼굴을 묻었다. 평온한 기분이 들었다. 동시에 막연한 설움이 불현듯 싹을 틔웠다.

길면 길고 짧다면 짧은 삶에서 연애 한 번 못해 본 스스로에 대한 설움이 똬리를 풀며 흉중에서 꿈틀거렸다. 아니야. 남이 나를 사랑하고 내가 남을 사랑하는 거보다, 내가 나를 사랑하는 게 먼저고 우선이야, 그리고 연인을 사랑하는 거지… 그녀의 머릿속이 얼크러지기 시작했다. 한 번도 연애를 해보지 못한 자신이 사랑에 대해 뭘 안다는 걸까. 내 처지를 합리화하게 위해 기만하고 있는 것은 아닌가?

'아니야, 기만이 아니야. 사실이지! 나를 사랑해야 남도 사랑할 수 있는 거야! 나를 사랑할 깨어있는 남자를 아직 만나지 못했을 뿐이야.'

남희는 눈을 감고 자못 정밀한 분석을 시작한다.

'혜연이가 나보다 예쁘고, 성격도 좋고, 공부도 잘하는 건 사실이다. 하지만, 난 여자로 태어난 나 자신을 있는 그대로 받아들이고 아끼며 존중하는 사람이야. 적어도 아직까지는 이 거지깽깽이 같은 한국사회에서 남자들이 만든 코르셋을 스스로 조여 매는 그런 멍청한 짓은 안하잖아. 혜연이보다 깨어있는 거는 확실하지. 난 내가 하고 싶은 것을 하며, 내 삶을 즐기는 사람이잖아. 한남충의 아내가 되어 평생을 남편의 섹스파트너로, 애들의 엄마로, 며느리로 살아가는 노예는 안 될 거야. 나는 나 자신을 사랑하는 여자, 외모로 평가 받는 여자가 아니고, 집안의 재력으로 등급 매겨지는 상품도 아니고, 가방끈이 길다고 대우 받는 여자도 아닌 거야. 내 주인은 나니까.'

......

고조되던 의기가 어느 순간 주춤거리기 시작했다.

화강암 성벽처럼 탄탄해 보이던 남희의 자의식이 한쪽 구석부터 서서히 가루가 되어 흩날리고 있었다.

가슴 아래를 울리는 쩌릿함이 그녀의 시야를 뿌옇게 만들었다.

왜소한 체격과 지성 피부, 돌출된 광대, 빈약한 절벽 가슴을 갖고 있던 소녀는 악마 놈들의 재미있는 노리개였다. 비명을 지를 줄 알고, 구겨진 얼굴로 고통을 호소하는, 마음껏 모욕하고 괴롭혀도 뒤끝이 없는 장난감이었다. 생각해 보면 악마 놈들보다 악마 년들이 더 잔인했다. 중학교 3학년이 돼서야 생리를 시작했던 볼품없는 자신이 살아남을 수 있었던 것은 전적으로 혜연이 덕분이었다. 고등학교를 졸업한 후 쌍꺼풀 수술로 나아지려 노력했지만, 아직도 많이 부족했다.

남희는 자신이 어떻게 생겨났는지 알고 있었다.

'나는 분명히 조물주의 쓰레기통에서 만들어졌을 거야. 이런저런 못 쓰는 부품들을 모아둔 쓰레기통에서…'

"남희야. 괜찮아?"

남희는 화들짝 일어나며 눈물을 닦았다.

"그럼— 괜찮지. 뭐 얼마나 마셨다고? 지훈 오빠. 소맥 한 잔 더 부탁해여—"

"예. 알겠습니다. 작가님!"

지훈이 남희의 맥주잔을 받아 칵테일을 만든다.

"남희야. 내가 낮에 스마트폰으로 여성시대에 들어가 봤는데, 궁금한 게 있어서."

술을 마시던 남희의 눈썹이 움찔거리며 혜연을 재촉했다.

"한남충이 한국남자벌레라는 뜻은 알고, 분탕잦도 무슨 말인지 알겠는데, 재기라는 건 도대체 무슨 뜻이야? 다시 일어서라는 뜻의 재기가 아닌 것 같던데?"

"아~~ 그거! 어디서 봤는데? 메갈리아? 여성시대? 워마드? 무슨 내용이었는데?"

"원 출처는 워마드고, 그걸 여성시대에서 봤는데, '재기 썰 쓴게 살인신고 됐다'는 글."

"아. 무슨 얘긴지 알겠다. 그거 한남충들이 지랄한 거야. 어떤 갓치(인터넷의 일부 커뮤니티에서 여자를 지칭하는 속어. GOD+김치)가 자기 남사친(남자 사람 친구) 하나를 재기시켰다고 소설을 썼는데, 미친 한남충들이 경찰에 살인으로 신고해서 조사 받았다는 얘기야. 거기서 '재기해라'라는 건 원래 '자살해'라는 뜻인데, 그냥 죽였다라고 쓰기도 하고, 어느 정도 의미만 통하면 마음대로 쓰는 말이야."

"그럼 그 여자가 사람을 죽이지 않았다는 거야? 아니, 아니. 그러니까 죽였다고 거짓말로 게시판에 관종 짓(관심 종자 짓)을 했다는 거네? 그리고 그걸 읽은 사람들이 신고를 하고?"

"그렇지. 그런 얘기지. 이 6.9 실좆(혐오사이트 속어: 성기 길이가 6.9센티인 실자지)들이 주작글(조작 글)인지 뻔히 알면서도 갓치 엿 먹으라고 경찰에 신고했다는 거지."

그녀의 힘찬 설명을 듣던 혜연이 조심스레 주위를 살폈다.

아무리 술에 취했다 하더라도 온라인상의 비속어를 대중업소에서 거리낌 없이 쓰는 남희가 무척이나 불편했다. 혜연은 물어본 걸 자책했다.

"어? 한남충? 재기해?"

의자에 기대고 소주잔을 홀짝이던 지훈이 허리를 숙이며 대화에 끼어들었다.

'아뿔싸—'

혜연이 한숨을 속으로 삼킨다. 지훈까지 알 필요는 없는데.

"한남충이란 게 한국남자벌레라는 뜻 아닌가? 그리고 재기해는 남성연대의 고故 성재기를 조롱하며 만든 말로 자살해라는 뜻이고?"

그녀들이 동시에 지훈을 바라보았다.

"왜 그리 놀라시나요? 대부분 다 아는 얘긴데? 그게 메갈리아라는 데서 만든 말이라고 아는데? 혜연이 너 메갈 해?"

"아니. 메갈리아라는 데 들어가 본적도 없고 알지도 못해. 여성시대라는 카페에서 본 건데, 오빠 그걸 어떻게 알아? 그것도 제대로 아네?"

"그걸 왜 몰라. 회사 동기가 가르쳐 주더라. 일베충 못지않은 병신들이 모인 곳이라고. 여자 일베충이라고 해서 나도 한 번 알아봤지. 그런데 찾아보니까 정말 모지리들이 맞더라. 그야말로 '남녀병등'을 이룬 곳이더라고. 지들끼리 모여 남자들 욕하구, 혐오하구… 피해망상에 젖은 헛소리나 해대고, 지 아버지도 한남충이라고 부르더만, 보통 미친 것들이 아니야. 패드립(패륜적인 말)은 일상이고, 지들 주장대로 미러링 하는 거라는 데 오히려 한 술 더 뜨더라— 그러다가 이제는 아예 꾄줌들이 페미니즘이란 프레임을 짜서 이용하더만."

혜연이 물었다.

"남녀병등은 뭐고 꿘줌은 또 무슨 뜻이야?"

"아, 병신 짓에는 남녀가 평등하다고 남녀병등이래. 남자들 중에 모자라는 등신이 있는 만큼 여자들 중에도 똑같이 모자라는 등신들이 있다는 뜻. 꿘줌은 운동권 아줌마라는 뜻이고, 하. 웃기는 건 아까 얘기했지만, 그 쓰레기 커뮤니티의 미친 짓에 소위 진보 지식인들이 숟갈을 얹으며 변명을 해준다는 거지. 여자혐오의 산물이니 뭐니 하며 페미니즘 운동이란 억지 프레임을 만들어주고… 후, 일베충들의 여혐을 미러링 하는 거라나? 뭔 말 같지도 않은 짓거리들인지─"

지훈의 말이 끝나기 무섭게 남희의 음성이 날아들었다.

"하─, 지훈 오빠도 결국 한남충이었네. 뭐가 여자가 병신력이 같아─. 일베충들이 한남충들이 여태 몇 십 년간 여자들한테 김치년, 된장년이라 하고 삼일한(삼일에 한 번씩 패야한다)이니 보슬아치(보지가 벼슬아치)니 지랄하던 여혐을 그대로 남자들에게 돌려주는 건데! 그게 어떻게 병신짓이야! 이 헬조선에서 사회적 약자인 여자들이 강자인 남자들에게 저항하고 목소리를 낸 게 얼마나 됐다고, 그걸 병신 짓이라고 해? 단지 여자라서 살해당한 '묻지마 살인'이 일어난 지 며칠이나 지났다고? 여태 여자들이 남자들에게 무시당하고 억압당한 거에 반발해서, 계속 처맞기 싫어서 목소리 좀 크게 냈다고 일베충이랑 동급이라

고요? 더 한다구요? 왜요, 남자라서 여자들이 반항하는 게 싫어
요? 오빠에겐 여자가 같은 사람이긴 한 거예요? 이렇게 젠더 감
수성이 없는 사람이 연애를 어떻게 한대요? 혜연이도 삼일한 할
건가요? 도대체…"

"남희야!"

혜연이 낮은 음성으로 그녀를 제지했다.

남희의 속사포에 황당한 표정을 짓던 지훈이 혜연을 만류하
며 입을 뗐다.

"허, 남희씨가 이런 얘기를 할 줄 몰랐네. 한남충이라니. 남
희씨. 메갈리아 활동해요? 아니 지금은 워마드지. 워마드 회원
이에요?"

"그건 왜 물어요. 내가 무슨 커뮤를 하든 지훈 오빠가 상관할
일 아니잖아요? 내가 틀린 말 했어요? 여태 살면서 알게 모르게
여자를 무시하고, 물건 취급하고 그러면서 여혐하지 않았나요?
연애도 남자들 공짜로 섹스 할라고 하는 거잖아! 결혼도 마찬가
지고. 엄마처럼 챙겨주고 위해주는 섹스파트너가 필요한 거 아
냐? 그리고 애 낳으면 집안일이며 육아며 전부 독박 씌어버리
고, 평생 동안 마누라를 노예로 부리면서 살려고 하는 거잖아!"

"남희야!"

자리에서 벌떡 일어난 혜연의 날카로운 음성이 터졌다. 잠시
남희를 쏘아보던 혜연은 허옇게 앉아 있는 지훈을 일으켜 호프

집을 나섰다.


참담했다.

중학교 때부터 유일하게 자신을 이해하고 한편이 되어주었던 혜연이가 그렇게 파르르하며 반응할 줄 몰랐다. 일면 자신이 조금 심한 말을 했나 싶었지만 그래도 눈물은 멈추질 않았다. 너무도 냉정하고 가혹했다.

남희는 지나온 자신의 삶이 그렇듯 남은 삶도 별반 다르지 않을 것이라는 예감이 들었다.

외모도, 머리도, 성격도 남들보다 뭐 하나 뛰어난 게 없었다. 그나마 손톱만큼이라도 조금 더 잘 하는 게 있었던 것은 그림이었다. 하지만 영세기업에 근무하는 아버지 수입으로 미술을 공부한다는 것은 어불성설이었다. 중학교를 졸업한 남희는 특성화고에 진학했다. 그리고 졸업과 동시에 작은 무역회사의 경리로 취직했다. 그녀는 최저시급이 조금 넘는 얄팍한 수입의 대부분을 저금하며 악착스럽게 돈을 모았고 취업 2년 만에 웹툰webtoon과 일러스트를 가르치는 전문학원에 등록 할 수 있었다. 수업과정은 애저녁에 끝났지만 그녀는 지금도 퇴근 후 학원에 들른다. 학원에서 손이 필요한 일을 돕기도 하고 연습도 하며 자신이 할 수 있는 최선을 다하고 있었다. 그녀의 노력이 결실을 맺기 시작했다. 두어 달 후 있을 동인전同人展에서 판매할 남성향의 성인 일러북(일러스트레이션 북)을 학원 선생과 공동 작업하기로 한 것이다.

동인전이 잘 끝나면 포털사이트의 플랫폼에 연재할 작품도 같이 해보자는 제안을 받기도 했다. 그림판에서 길이 보이기 시작했다. 유명 작가가 될 자신이 있었다.

남희는 축하를 받고 싶었다.

존경하고 사랑하는 친구에게 축하를 받고 싶었다. 더불어 그녀의 남자친구에게도 '난 최선을 다해 열심히 사는 깨어있는 여자' 임을 자랑하고 인정받고 싶었다.

*

"야, 어서 와라. 오랜만이다. 이 자슥, 이건 여전히 30대네?"

"염병한다. 아들놈 셋 키우는 거 재밌냐?"

"야, 막내가 정말 이쁘다. 피부도 하얗고, 갸, 너 가져라. 그냥 줄게."

"정말? 지랄한다. 근데 아들보다 딸이 좋다. 마지막으로 딸하나 더 낳아서 주라."

"잘못했다. 그냥 날 죽여라. 하하하."

상식과 세진이 너털웃음을 터뜨리며 맥주를 시켰다.

"이런, 벌써 시작했네? 상식이 세진이 오랜만이다."

"야, 김창수, 제비새끼야, 얌마, 두 시간이나 기다렸다. 오늘 술 니가 쏴라."

창수가 웃으며 자리에 앉았다.

"아이구, 그러셨어요? 제가 세진이 뒤를 따라왔는데, 엄청 늦었네요. 그럼, 제가 내야지요."

세 명의 자리가 왁자해졌다.


"세진아, 참한 아줌마 하나 있는데, 만나 볼래?"

칭수가 세진의 의향을 물었다.

"야, 됐다. 낼 모래 오십인데 지금 뭘 만나냐, 그러다가 애라도 생기면 아들이 아니라 할아버지가 될 거다."

"그럼 애 안 낳으면 돼지. 아니면 우리 또래를 만나든가, 애 가질 일은 없잖아."

상식이 끼어 들었다. 창수가 상식의 말을 가로막고 손사래를 쳤다.

"얌마, 아직 등 긁어줄 사람이 필요한 나이는 아니잖아. 그리고 폐경한 여자가 여자냐? 삼십대 중반에 아는 여자들이 좀 있는데 솔직히 어떠냐, 한 번 만나볼래?"

"됐다. 숫제 등 긁어줄 사람이 낫지, 삼십 대면 더 무섭다. 요즘 젊은 여자들이 하도 여혐거리니까 겁이 나서 만나기가 무섭다."

"여혐?"

창수는 처음 듣는 말인 것 같다.

"아, 페미니즘 있잖아. 그 한물 간 사회운동이 요즘 신상품으로 통하는 모양이더라구. 인터넷에서 젊은 애들이 난리도 아니구만."

"뭔, 소리야. 페미니즘이라면 대학 때 들어본 거 같은데 그게 무슨 상관인데? 여혐이 여자혐오의 줄임말이냐?"

"와. 창수 이 놈 역시 똑똑하네. 너 처음 듣는 말이지?"

"아니야. 지난번 강남역 노래방 사건에서 나온 말 아냐? 뉴스에서 들은 것 같은데."

"야, 상식아, 창수야. 들어봐라. 내가 이야기 해줄게."

세진이 맥주를 한 모금 들이키며 여혐에 대한 장광설을 풀기 시작했다.

*

커뮤니티 간의 분쟁이 생길 즈음 눈팅족(인터넷 커뮤니티의 게시판에 직접 글을 쓰지 않고 게시물을 보기만 하는 사람)으로 1년 여를 보냈다. 처음에는 그저 온라인 커뮤니티 간 사소한 분쟁으로만 생각했다. 커뮤간의 분쟁은 심심찮게 있어 왔고 현실에 영향을 끼치는 경우는 미미했다. 물론 온라인상에서 벌어진 개인 간의 다툼이 실제 살인으로 이어진 소위 '정사갤' 사건이 있긴 했지만 꽤나 과거의 얘기다.

작년에 발생한 다툼은 단순해 보이지 않았다. 양쪽의 진영에 합종연횡하는 새로운 커뮤니티들과 개인 네티즌들이 참전하면서 분쟁의 경계는 점차 확장되었다. 조용히 끝날 것 같지 않았다. 판이 너무 커졌고 수그러들 기미는 보이지 않았다.

하지만 싸움이 커지든 말든 나와는 상관없는 일이다. 인터넷 커뮤니티에 소속감을 가지며 몰입하는 것만큼 멍청한 짓은 없다.

영석은 서핑을 끝내고 웹하드에 로긴했다. 일별로 업그레이드 된 AV(일본 성인영화) 목록을 살피기 시작했다. 모니터에 머리를 박고 동영상을 검색하던 영석이 몇 편의 영화를 다운 받았다. 그리고 원룸의 문을 잠근 후 손을 씻고 컴퓨터 앞에 앉았다.

방이 꼬질한 밤꽃 냄새로 가득 찼다. 영석은 창문을 열고 방향제를 뿌렸다.

샤워를 하고 나온 영석이 다시 자리에 앉아 타이핑을 시작했다.

나는 여성시대와 워마드의 게시판에 매일 올라오는, 피해망상에 절은 개소리들을 지켜보면서 뜻밖의 즐거움을 찾았다. 만화경을 들여다보는 즐거움이랄까. 단지 알록달록한 추상적이고 기하학적 무늬가 아닌 흑화된 만화경. 저열한 인간성과 악취가 넘실거리는 언어의 쓰레기장을 관음하는 즐거움?

몸뚱이만 스무 살 넘게 성장한 정신적 유아들이 매번 새로운 체위로 기저귀의 똥을 뭉개며 저들끼리 키들거리고 있다. 이를 비웃고 조롱하는 즐거움이다. 니들보다 낫다는 자위다.

물론 우물 안의 개구리들 같은 폐쇄적인 커뮤니티 안에서 서로 부둥부둥하며 풀어내는 개인들의 속내를 엿볼 때면 머릿속에 악성종양이 생길 것 같은 스트레스를 받지만, 바보들의 등신 짓은 발암 걱정보다 훨씬 자극적이다.

그런데 정말 웃기는 일이 벌어졌다.

낄낄거리며 병신들의 군무를 감상하는 중에, 조용히 다가와 나를 깨달음의 길로 인도하는 무엇이 있다. 조각조각을 잇다 보니 코끼리가 만들어진다. 촘촘한 섬유질에 스며드는 물처럼 은밀하고 자연스럽게 퍼즐이 맞춰진다.


'여자는 인간과 비슷하지만, 전혀 다른 유사인류다!'

깨달음이 달리 있는가. 화성남자, 금성여자가 아니다. 영장류속 유사인류종이다.

유사인류는 앞과 뒤, 좌우를 재는 능력이 없다. 모든 판단의 기준은 자기가 느끼는 그 순간의 감정이다. 자신의 기분만을 주장하는 것. 유사인류의 유일한 척도이자 논리다.

옳고 그름이란 의미가 없다.

그저 목소리를 크게 내는 쪽이, 많은 이들이 편드는 쪽이 정의다.

범죄의 가해자와 피해자 역시 의미가 없다.

범죄 피의자가 유사인류일 경우에는 그리 행동할 수밖에 없게 만든 사회시스템이 원인이자 가해자이다. 그 사회시스템을 운영하는 남자 탓이며 남자의 역사 탓이다.

유사인류의 범법행위는 사회의 범법으로 인한 결과이며, 유사인류의 일탈은 남자가, 세상이 그렇게 행동하도록 밀어냈기 때문에 생기는 것이다.

유사인류의 육체를 섹시하게 부각하는 것은 성을 상품화하는 지극히 비도덕적인 일이지만, 반대의 경우에는 아무 문제가 없는 것이며 이에 대한 시비는 남자답지 못한 졸렬한 행위다.

남자가 어린 유사인류를 사랑하는 것은 정신병적인 극악한 범죄이나 그 반대의 경우에는 단순한 취향의 차이이다.

남자와 유사인류의 애정척도는 유사인류에게 지출하는 남자의 재화에 비례하며, 결혼한 유사인류의 외도는 모두 남의 편인 남자의 무관심과 방치 때문이다.


하나의 매듭이 풀어지자 나머지는 저절로 풀렸다. 더불어 커뮤니티 간 분쟁과 강남역 앞에서의 시위, 여성단체들의 페미니즘 옹호. 별개로 돌아가는 일련의 해프닝들이 하나로 엮이고 있었다.

'유사인류가 당하는 피해와 불편한 감정은 모두 유사인류 혐오 때문이다.'

영석은 이 간단한 이치를 스물여섯 살이 되어서야 깨닫게 되었다.

마음을 내 잘해주면 잘해줄수록 더욱 지 멋대로 행동하며 자신을 하찮게 취급한 개년들의 본질을 이제야 깨달았다. 연인관계가 된 후에도 여친들끼리 가는 여행이라고, 세미나 여행이라며 나를 속이고, 딴 놈들과 붙어먹고 그걸 트위터의 가계정에 올리던 쌍년도 이해하게 되었다.

그년들은 너무 당연했으리라. 왜? 자신의 결정과 행동은 이유가 있는 순수한 것이고 이를 지적하는 너는 그만큼 찌질이라는 거. 그만큼 매력이 없었다는 거.


세상살이에 대한 모든 의문이 풀린 건 아니었지만, 같은 인간이라고 생각했던 그녀들에 대한 깨달음은 영석에게 큰 울림을 남겼다.

지방 소도시에서 농사를 짓는 부모는 영석을 지원할 형편이 못 됐다. 서울에 있는 대학에 입학했다고 동네잔치를 벌였건만,

지속적으로 학비를 대 줄 능력은 없었다.

영석은 군을 전역하고 복학해 3학년을 마치고 학교를 휴학했다.

등록금을 만들어 복학할 계획이었지만, 목돈이 만들어지자 기숙하던 고모집을 나와 외곽의 원룸을 하나 얻었다. 이후 등록금을 모으기는커녕 살아가는 것 자체가 큰 일이 되었다.

영석은 대학을 포기할까 고민 중이었다. 그리고 조금도 나아지는 것 없는 일상에 절망하고 있었다. 편의점과 피씨방에서 파트타임으로 일을 하며, 취업 준비를 하는 생활은 쳇바퀴 돌아가듯 언제나 같은 자리만 맴돌고 있었다. 전환점이 필요했다.

저렇게 유치하고 저열한 것들을 피하고 어려워했다니…

영석은 운동을 시작하기로 했다. 조깅부터 하자. 추리닝을 어디에 두었더라. 지난 봄 이후 4개월간 옷걸이에 걸려있는 검회색 후드티가 눈에 들어왔다.

\*

남희가 버스에서 내렸다.

23시 10분. 환하게 불을 밝히고 있는 편의점이 그녀의 시야에 잡힌다.

남희는 바닥에 늘어진 그림자를 끌며 10년 넘게 익숙한 길을 걸었다.

피곤하고 화가 났다. 그렇게 둘이 나가면 나는 뭐가 되는가. 왜 마음을 열고 받아들이지 못하는가. 그들의 이기와 냉정함에 치가 떨렸다.

한편으로 그들이 자신에게 경기를 일으키듯 반감을 갖는 것은 이 사회가 얼마나 무의식적으로 여성혐오를 해왔는지, 정형화된 코르셋을 씌워 왔는지에 대한 반증이라는 생각도 들었다. 여자가 가진 능력보다 외모만을 우선시 하는, 예쁜 얼굴에 환호하고 관능적인 몸매에 열광하는, 더럽고 성욕밖에 없는 졸렬한 남자들의 세상에 울화가 솟았다.

'한남충들. 조선시대부터 지금까지, 아니 몇 천 년 전부터 지금까지 자기들 기득권을 위해 여자들을 깔아뭉개고 멸시하던 백정놈들, 여자들을 그저 성욕 배설구로만 취급하는 더럽고 흉폭한 짐승새끼들 때문에 이런 거야. 세상에서 싹 다 없어져야 할 새끼들!'

남희는 어금니를 깨물며 분노를 삭이려했으나 걸음을 옮길수록 새로운 욕지기가 차올랐다. 무엇으로 이 부조리한 세상을 바꿀 수 있을까. … 만화다.

'못생겼지만 천재적인 두뇌의 여자를 주인공으로 하는 거야. 그리고 남들 보기에는 멀쩡한 남자를 상대역으로 해서, 자신이 알게 모르게 얼마나 여자를 혐오하고 무시하는지 보여주는 거야. 핍박 받던 주인공은 지략으로 남자를 거덜내고, 남자들 세상의 모든 기득권을 부수는 거지. 그리고 새롭게 사회를 건설하는… 지금 세상이 얼마나 여혐사회인지 통렬하게 까뒤집는 거야―'

무언가 될 것 같다.


편의점의 불빛이 사라질 무렵 맞은편 어둠 속에서 그림자 하나가 뛰어오는 모습이 그녀의 눈에 들어왔다. 조깅을 하는 모양이다. 요즘엔 밤에도 운동하는 사람들이 많아져 그러려니 한다.

검정색의 후드티를 입은 사내가 그녀를 스쳐 지나갈 때에도 남희는 발끝에 시선을 고정한 채 골똘히 생각에 잠겨 있었다.

'그래. 주인공이 성공하기까지의 고난한 역경을 더 넣고, 외모는…'

주인공 설정이 자연스럽지 않았다. 남희는 밤을 새우더라도 구체적인 스토리와 플롯을 짜야겠다고 마음먹는다.

집까지 5분 여 남은 거리다.

'탁, 탁, 탁, 탁'

남희는 갑작스런 발자국 소리에 머리를 들었다. 누군가 자신을 향해 뛰어오고 있는 소리다. 그녀가 소스라치게 놀라며 뒤를 돌아보는 순간 눈앞에서 강렬한 백색의 빛이 터졌다. 무언가 머리를 후려쳤다. 남희는 맥없이 고꾸라졌다.


심장이 터질 것 같다. 고통이 아닌 기대와 흥분의 팽창이다.

내 인생에 이토록 아드레날린이 폭주한 적이 있었는가.

유사인류 한 마리를 사냥했다.

니가… 첫 번째다.


"자, 우선은… 뭘 하든… 일단 씻겨야 하나?"


*


"야, 세진아, 정말 그런 말도 안 되는 등신들이 있다구?"

"허, 창수야. 내가 언제 허튼소리하는 거 봤냐? 그리고 너하
곤 관계 없잖아? 넌 불쌍한 아줌씨들을 위해 온몸 불사르는 육
보살이라며. 니 같은 열혈 페미니스트가 어딨냐?"

상식이 킬킬대고 웃으며 거든다.

"세상에 웃기는 놈들, 아니 정신적으로 문제 있는 애들이 넘
쳐. 그런데 그 젊은 애들을 그냥 자연 발생한 병신으로 치부하
기에는 무리가 있지. 결국 멀쩡한 알라들을 병신으로 키운 우리
꼰대들하고 이 천박한 배금주의가 그 원인이지. 물론 똥오줌도
못 가리고, 내로남불 하는, 알지? 내가 하면 로맨스, 남이 하면

불륜. 언칭 오피니언 리더라는 PC 모지리 새끼들의 책임도 크고… 여튼 문제는 문제야. 그러잖아도 출산율 최하위 나라에서, 일본처럼 초식남들 번성하겠구만— 야, 그러고 보니 창수야. 니 딸은 잘 있냐? 애 엄마하고 연락은 하고?"

"세진아. 이 몽달귀신아. 니는 장가를 안 가서 모르겠지만, 이 형님이 이웃 가정의 평화와 세상의 평화를 위해 얼마나 몸을 혹사하는지 아냐? 자식아. 니가 고등학교 때나 잘 나갔지. 지금은 애인도 하나 없는 놈이 어른 일을 뭘 안다고… , 혜연이? 잘 있지. 걔도 요즘 연애하는 거 같더라. 애 엄마? 썩을, 상식아. 헤어진 지 19년째다. 뭘 하든 알게 뭐냐, 연락 안하고 산지 5년 넘었다."

세진과 상식이 낄낄거리며 건배를 한다. 창수가 스마트폰을 꺼내며 입술에 검지를 세웠다.

"응, 자기야. 여기? 연신내 후배 호프집. 그래 전에 한 번 왔었잖아. 응, 그러던가. 그럼 와서 전화해, 나? 아냐. 멀쩡하지. 오백 두 잔 밖에 안 마셨어, 그래. 이따 보자구."

"얌마. 뭐야. 너 갈 거여?"

상식이 창수를 다그쳤다.

"아, 어떡하나. 보고 싶다는데, 오빠 품에 안기고 싶다는데~"

"에이 더런 놈 새끼!"

상식과 세진에게서 동시에 욕이 터졌다. 창수는 낄낄거리며 마무리를 했다.

"이래서 꼰대들하고는 못 논다니까. 자슥들아, 부러우면 부럽다고 해. 아까 낮에는 스물 일곱짜리 돌싱, 지금은 서른 넷에 유부녀 대학원생. 이 대학원생의 언니가 또 돌싱이란다. 서른 여섯이고, 너 세진이 정말 안 만나 볼텨?"

"그 언니라는 여자는 뭐 하는데? 그리고 지금 만나는 유부녀는 전공이 뭐냐?"

상식의 물음에 창수가 킬킬거리며 담배를 꺼내 물었다.

"웃기는 게, 이 여자 전공이 여성학이다. 남편은 무슨 시민단체에서 일하고, 그 언니라는 애도 무슨 여성단체에서 일한다고 하더라. 하이구야. 그런데 니들 말 들어보니 이거이거 웃기는 여자들이네. 어? 그리고 보니 세진이 너하고는 어쩌면 궁합이 잘 맞을 것도 같은데? 서로 없는 부분을 채워주잖아?"

세진과 상식이 동시에 욕을 뱉었다.

"미친새끼, 지랄하고 자빠졌네."


세 사람의 술자리가 다시 왁자해졌다.

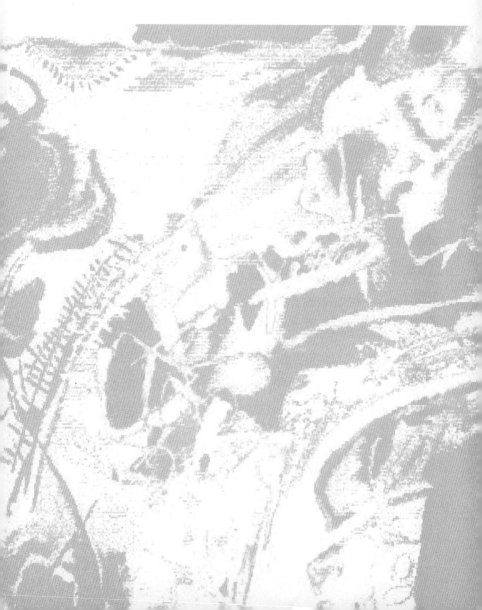

사람 동물원

동식이 성질을 내는 경우는 흔하지 않았다. 하지만 도대체 앞뒤도 없고 제 얘기만 옳다고 주장하며 온갖 짜증을 부리는 동은의 질책은, 그를 인내심의 한계까지 몰아가고 있었다.

물론 목줄의 후크를 떼어 해피에게 자유를 준 것은 동식이지만, 고양이라도 된 것처럼 분수를 모르고 날뛰었던 것은 해피다. 동식은 해피의 날뜀을 진정시키려 최선을 다했지만, 역부족이었다. 평소에도 넘치는 기운을 어찌지 못해 펄쩍거리며 날아다니듯 하는 녀석이었지만, 그 날은 유난히 더 뛰었고, 동식은 긴장하지 않을 수 없었다. 결국 사단이 벌어졌다. 하수관이 삼단으로 쟁여진 더미를 넘던 놈은 착지점을 잘못 계산했고 외마디 비명과 함께 절뚝거리며 동식에게 돌아왔다. 초여름 어둑해지는 저녁 산책에서의 일이었다.

"그러니까, 알았다고. 그래 목줄 푼 건 내 잘못이야. 하지만, 똥오줌 못 가리는 강아지새끼도 아니고 다섯 살이나 처먹은 게 그리 날뛰니 이런 일이 벌어진 거지. 거기가 처음 가보는 데도 아니구 아마 백 번은 더 다녔을 거야. 하지만 이런 일이 한 번도 없었잖아. 그걸 너도 알면서 어째 모든 걸 내가 책임져야 한다고 하냐!"

"그걸 말이라고 하고 있어? 해피가 사람이야? 개줄을 왜 풀어줬는데? 왜 보호자가 같이 산책을 하는 건데? 처음 가보는 곳이건 아니건 당연히 개를 컨트롤하는 건 주인 아냐? 그걸 못했으니까 당연히 오빠가 책임져야지!"

"그래! 알았다구. 그래. 개줄 푼 내 책임이라고 하자. 그렇다고 나보고 치료비를 다 부담하라고 하는 건 너무 한 거 아니냐? 해피도 니가 상의 한 번 없이 일방적으로 데리고 온 거잖아? 오늘도 원래는 니가 해피 보는 날이잖아! 그런데 친구들 만난다고 나한테 일방적으로 맡기고 나간 거 아냐—"

맥이 빠진 듯 한숨이 섞인 동식의 말에 동은의 눈꼬리가 날카롭게 올라갔다.

"해피 보고 오빠도 괜찮다고 했잖아! 왜 이제 와서 데리고 온 걸 뭐라고 하는데? 누가 데리고 왔든, 키우던 개를 관리 못해서 다리가 부러졌으면 당연히 그때 관리한 사람이 책임지는 거 아냐? 맨날 나보고 논리적으로 말하라면서 논리는커녕 무슨 말도 안 되는 억지를 써? 숫제 돈이 없으면 없다고 도와달라고 하든가, 당연히 너도 보태라는 식으로 얘기를 하면 그걸 누가 곱게 듣겠어? 그리고 갑자기 연락하는 친구들을 나보고 어떡하라고! 어쨌든 오빠가 봐준다고 허락한 거잖아! 왜 이렇게 자꾸 억지를 부려? 영지 언니 만난다고 내가 해피 봐준 거는 기억도 안나? 병원비 같이 내자구? 오빠 월급 탄 지 얼마나 됐다고 찌질하게 굴어? 언니한테 루이비똥이라도 사줬냐?"

"뭐야?"

결국 동식은 버럭 소리를 지르고 말았다. 아차 싶었는지, 동은은 무섭게 노려보는 동식의 눈길을 피하며 슬그머니 제 방으로 들어갔다.

'이런 썩을 년이, 그저 지 입장만 나불대네, 논리가 어쩌고 어째? 확— 그냥…'

나이차가 열두 살이다. 엄마가 마흔넷에 낳은 딸이다. 오십 줄의 아버지가 칠십이 된 재작년까지 이십여 년을 물고 빨고 하며 키운 고명딸이다. 나도 이뻐하기만 했지, 제대로 꾸지람 한 번 한 적도 없다. 그런데 이젠 대가리 굵었다고 저렇게 싸가지가 없어져? 그럼 지가 귀엽다며 막무가내로 데리고 온 강아지를 그때 내쳐야 했었나? 젖도 떼지 않은 걸 안고 와서 시름 거린다며 울먹거리던 걸, 대신 가슴에 품고 며칠 동안 분유 먹이며 살려냈더니, 그런 오빠한테 데리고 온 걸 뭐라 한다고? 하―

동식은 뻐근해지는 뒷목을 잡고 한숨을 내쉬었다.

10여 년 전, 전역하고 복학했을 때였다.

[동식아. 끝나면 바로 들어와라. 곰돌이 일 났다.]

동식이 메시지를 확인한 것은 수업이 끝난 후 동기들과 맥주집을 향하던 길이었다.

'일은 뭔 일.'

무슨 일이 있었더라도 집에 갈 수는 없었다. 간만에 고등학교 동문 동기들과 모이는 자리였다. A대학에 함께 입학했던 동창은 열한 명이었지만 전역 후 복학해보니 다섯 명만이 남아있었다. 2학년을 마치고 입대를 한 동식보다 더 늦게 군대를 간 동기와, 이미 졸업한 친구 등 서너 명은 얼굴을 볼 수 없었고 참석한 다섯 명 역시 힘들게 시간을 맞췄다.

"어디 보자. 기계과 기름쟁이 동식이 왔고, 철학과 무당 우성이도 왔고, 사회과 빨갱이 광수, 토목과 노가다 규인이. 야 올놈들 다 왔네!"

국문과를 다니던 철우의 짓궂은 입담으로 시작한 복학생들의 술자리는 그 잘난 군시절의 고생담을 나누며 서로 시비를 붙다 여자 얘기로 넘어가며 대동단결했다. 그리고 취업문제에 대한 고민과 정보교환으로 자리를 파했다. 이미 열시가 넘었다.

판자촌이 아닌 산동네.

동식의 집은 야산 중턱에 위치해 있었다. 갈현동의 308번지는 서울의 끝자락으로 경기도와 경계하며 형성된 동네다. 꼬방동네는 아니면서 공기 좋은 곳을 찾아든 중산층이 사는 산동네다.

동식은 연방 트림을 뿜으며 오르막길을 올라갔다. '마지막의 폭탄주는 마시지 말았어야 하는데…' 지난 일은 소용없었지만 중얼거린다.

동네 어귀의 아리랑 슈퍼를 끼고 골목으로 들어서니 십여 미터 앞에 뒤를 힐끗 거리며 걸음을 옮기는 아가씨가 보였다. 동식은 그녀가 아마도 뒷집의 세 자매 중 둘째일 것이라는 생각이 들었다. 그녀는 셋 중에 제일 키가 크고 날씬했다. 앞 선 여자가 뒤를 돌아보았다. 그리고 골목 어귀보다 가까워진 동식과의 거리를 의식했는지 갑자기 뛰기 시작했다.

'이런 썩을…' 동식은 그녀의 뒷모습을 노려보았다.

"어후, 알았소. 그냥 천천히 가소."

동식은 혼잣말을 중얼거리며 걸음을 멈춘다. 스마트 폰을 꺼내 문자 온 것을 확인하고, 통화기록도 확인하며 일분 여를 보냈다. 술집에서 동기들과 한참 와자지껄했던 시간에 전화가 세 번이나 와 있었다. 왜 빨리 안 들어오냐는 동은의 문자도 있었 다. 곰돌이 묻어줘야 한단다. '응?' 동식은 동은의 메시지를 다 시 확인했다.

[오빠, 왜 안 와요? 곰돌이 묻어줘야 해요. 아직도 신문지에 덮여 있어요.]

갑자기 술이 깨는 것 같았다. 동식은 집을 향해 뛰기 시작했다.

동은이 소파에서 일어나며 현관으로 들어서는 동식을 맞았다.

"오빠― 아까 낮에 집 앞에서 차에 치였어. 난 분명히 마당에 있는 거 보고 오줌 싸러 갔단 말이야. 대문도 안 열려 있었어. 정말이야―"

동식은 괜찮다며 허리에 안긴 동은의 머리를 쓰다듬었다. 곰 돌이는 대문 옆에 있다고 했다. 나가 보니 대문간에 엉성하게 신문으로 싸인 조그만 덩어리가 보였다. 동식은 연하게 핏물이 배인 신문지 덩어리 앞에서 눈을 떼지 못했다.

이름을 부르면 꼬리를 설렁설렁 흔들며 걸어오던 놈의 모습 이 떠올랐다. 곰돌이는 짧은 흰색털과 쫑긋한 귀를 갖고 태어났 던 형제들과 달리 부수수한 갈색 털에 눌린 귀, 납작한 주둥이 를 갖고 태어났다. 놈은 언제나 혼자 있는 것을 즐겼다. 사실 즐 겼는지 왕따를 당했는지는 알 수 없었지만 대부분의 시간을 무 리에서 떨어져 혼자 지냈다. 그리고 다리에 힘이 없어선지 뛰어

다니기보다는 걷는 것을 즐겼다. 세 마리의 형제들이 동식과 동은의 친구들에게 분양되었음에도 집에 남을 수 있었던 것은 곰돌의 병약함 때문이었다.

곰돌은 식구들 중에 유독 동식을 따랐다. 물론 동식이 복학 전 한 달여의 시간 동안 곰돌과 그 어미인 '에미'를 전담하다시피 키우기는 했지만, 곰돌은 그와 비슷한 애정으로 저를 챙기는 동은보다 동식을 훨씬 더 좋아했다.

동식은 모친에게 대략적인 사건의 정황을 들었다.

오후 네 시경 주방에서 쪽파를 고르던 동식의 모친은 조그맣고 날카로운 비명소리를 들었다고 했다. 하지만, 마당에서 놀던 동은이 울먹거리며 옆집 아줌마의 손을 잡고 현관을 들어서기 전까지는 그 비명이 곰돌의 것이라고 생각도 못했단다. 그때 마당에서 곰돌이와 놀던 동은은 곰돌이가 여기저기 흩어 놓은 소꿉을 정리하고 있어 개가 나가는 걸 보지 못했다. 동식에게 오줌 싸러 갔다고 얘기 한 건, 같이 놀던 강아지를 돌보지 못했다고 혼날까봐였다고 한다. 목격자는 옆집의 박 여사가 유일했다. 테라스의 빨래를 걷으러 나온 박 여사는 헐떡거리는 소음을 내며 언덕길을 오르던 빨간색 마티즈가 동식의 집 앞을 지나는 순간 '깽' 하는 단발마를 들었다고 했다. 하지만 차는 멈추지 않았고, 더 큰 엔진음을 내며 지나갔고, 박 여사가 쫓아 내려와 보니 동식의 집 앞에는 곰돌이 이미 피떡이 되어 으스러져 있었다고 했다. 그리고 막 대문을 나서는 동은을 막아 시야를 가린 뒤 동은을 끌어 현관 안으로 밀어 넣었다는 것이다.

피떡이 된 곰돌이는 동은을 안정시킨 모친이 부삽으로 추슬러 대문 안으로 옮겨 놓고 신문지를 덮었다고 했다. 그리고 박 여사와 함께 윗동네에 살고 있던 차주를 찾아 강아지 값으로 3만원을 받았다고 했다.

모친으로부터 경과를 들은 동식은 가타부타 아무 말도 하지 않았다. 동식은 현관 신장에 모아 둔 아리랑 슈퍼의 대형비닐봉투를 한 장 챙긴 후 지하실 입구의 삽을 들었다. 그리고 대문께의 신문지 덩어리를 조심스레 비닐봉투에 옮겨 담았다. 뻣뻣하게 얼어있는 걸레덩어리를 뜨는 것 같았다. 죽은 개를 수습하는 것이 처음은 아니건만, 그때마다 제일 찜찜하고 더러운 기분이 드는 순간이었다. 동식은 날 밝으면 묻으라는 모친의 말을 뒤로하고 산으로 향했다. 비닐봉투와 삽을 들고 캄캄한 산을 오르는 모습이 남들 눈에 띄면 어쩌나 하는 생각이 들었지만 무시했다. 남들에게 보이는 모습을 걱정하기보다는 녀석을 어서 편안한 곳에 묻어주는 것이 더 급한 일이었다. 동식은 약수터에서 정상으로 오르는 오솔길을 벗어나 관목 군락을 헤치며 산을 올랐다. 십여 분을 오르니 반 평 남짓한 공터가 나타났다. 약수터와 동네가 한 눈에 내려다보이는 명당이다. 주위에 큰 나무가 없어선

지, 보름을 막 지난 달빛이 온전히 내리고 있었다.

'진돌이는 저쯤이니까, 여기면 적당하겠네….'

동식은 켜켜이 쌓인 낙엽과 갈비를 한 곳으로 치우고 삽을 꽂았다.

깊이 몇 삽을 퍼내다 보니 대충 곰돌이가 누울 수 있는 공간이 생겼다. 비닐봉투 채 구덩이에 넣어 크기를 가늠했다. 곰돌의 머리부분이 들렸다. 동식은 두 삽을 더 떠내고 바닥을 편편하게 정리했다. 그리고 신문지 덩어리를 꺼내 구덩이에 안치했다. 비닐 봉투는 태워버렸다. 매캐한 연기와 역한 냄새가 주위에 퍼졌지만 이내 사그라졌다.

추도는 담배 한 개비로 대신했다. 파란 담배연기가 달빛 아래 흩어졌다. 눈도 뜨지 못하던 놈이 어미의 젖을 찾아 기어 다니며 헤매던 모습이 떠올랐다. 복학한 이후 많이 놀아주지 못한 게 미안해졌다.

"지랄…… 담배 연기…"

생담배 타는 연기가 눈에 들어갔나 보다. 동식은 거칠게 담배를 비벼 끄고 일어나 눈물을 닦았다. 그리고 구덩이에 흙을 채웠다. 살짝 둔덕을 만들어 다시 평평해질 때까지 구석구석 야무지게 밟았다. 피부암으로 죽었던 '코니'처럼 매장한 후에 다리가 나와 있으면 안 될 일이었다. 코니는 동식이 고등학교 일학년 여름에 묻었던 개다. '잉글리쉬코카니스파니엘' 종이었던 코니는 묻힌 뒤 두 달이 지나지 않아 앞다리 하나를 밖으로 내어 놓았다. 구덩이를 얕게 판 것이 가장 큰 이유였지만, 여름 장마가 흙을 쓸어내린 것도 한 몫을 했다. 동식이 산책길 옆을 피해 개를 묻는 계기가 되기도 했다.

곰돌이의 무덤은 완벽했다. 산사태가 나기 전에는 편안할 거라 확신하며 동식은 산을 내려왔다. 문득 자기가 개를 몇 마리나 묻었는지 궁금해졌다. 곰돌이, 진돌이, 코니, 순덕이…. 다섯 마리? 여섯 마리?

동식은 아침 일곱 시부터 전화를 했다.

직속상관인 자재부장과 이모부인 부사장에게 전화를 해 화급한 일이 생겼다고, 연차를 이틀 당겨 받았다. 월요일에 갑작스런 휴가라니… 부장보다 이모부에게 더 통박을 받긴 했지만 무리 없이 처리되었다. 공휴일이든 연휴든 일이 생기면 군말 없이 출근해 업무를 봤던 동식의 입장에서는 당당하진 않더라도 충분히 요구할 수 있는 휴가이기도 했다. 동식은 전화를 끝내고 주방으로 향했다.

"오빠. 오늘 휴가 냈어?"

"…"

동은이 화장실에서 머리를 말리며 나오다가 동식을 쳐다보았다.

"그럼, 오빠는 해피 데리고 병원 가서 진찰하고 나한테도 바로 연락해 줘. 난 오늘 서울 본사 들어갔다가 저녁에는 우리 팀 회식 있어서 일찍 못 와. 열외 1명도 없대—"

"그게 무슨 소리야. 팀장 과장은 뭐하고 니가 왜 본사에 들어가? 그리고 니네 팀 회식에 무슨 열외 1명 없어. 헛소리하지 말고 끝나자마자 바로 들어와!"

"내가 팀장이야? 나한테 뭐라고 하지 마. 박 팀장이 한 얘기 오빠한테 그대로 한 거니까."

동은은 그와 더 말을 하고 싶지 않은 듯, 제 무릎 밑에서 절뚝거리며 꼬리 치는 해피의 머리를 쓰다듬었다.

"해피야~. 오늘 아저씨하고 병원 가서 다리 치료하고 와~. 엄마는 회사 갔다 올게!"

동식은 그녀에게 뭐라 한 마디 더 하려고 했지만, 이내 포기하고 커피포트에 물을 채웠다.

'하. 저 가시나, 정말…'

동식은 아침밥을 차리려다, 그만 두고 베란다로 나가 담배를 물었다.

동생교육이 확실히 망한 것 같았다. 이름도 없는 지방대학이긴 하지만, 어쨌든 대학이라도 졸업하면 조금이나마 철이 들 줄 알았다. 졸업 후 사업을 하겠다며 헛바람만 들어 싸돌아다니던 동생을 회사에 힘들게 집어넣은 것이 불과 6개월 전이었다.

동식 동은 오누이가 다니는 회사는 냉온방시스템을 제작하는 탄탄한 중소기업이다. 비록 직원은 100여 명밖에 안되는 작은 규모지만, 용인에 본사와 공장을 두고 서울 강남에 영업소를 두고 있었다.

동은은 영업 2팀에서 신입 막내로 있었다. 나름대로 제 일을 놓치지 않고, 회사에 적응을 잘 하고 있다는 주변의 평이었다. 하지만, 동식은 동은이 적응을 잘 한다는 입사 동기 영업과장의 말을 도저히 믿을 수 없었다. 동은은 열대여섯 살 먹은 계집아이의 감성과 어리광으로 동식을 대했다. 스물세 살에 어울리는 생각이나 책임감은 눈곱만큼도 찾아 볼 수 없었다.

동은은 인턴 과정이 끝난 지 3개월이 지났지만, 아직도 동식과 함께 살고 있는 빌라의 월세를 한 푼도 보탠 적이 없었다. 월세는커녕 생활비나 식비로도 한 푼 보태는 법이 없었다. 동은이 동식과 공동생활을 하며 지출한 돈은 두 부대의 해피 사료 값 삼만사천 원이 전부였다. 육 개월 동안.

이는 동식이 보기에 '이기적이다'라는 표현을 아득히 넘어서는 몰상식한 행위였다. 이미 동은은 미성년도 학생도 아니고 사회인이며, 그것도 같은 회사를 다니는 직장동료였다. 그렇다면 아무리 친오빠와 공동생활을 한다고 해도 자기 몫의 최소한의 경비 분담은 해야만 한다는 게 동식의 생각이었다. 동식은 그게 상식적인 도리라고 믿어 의심치 않았다. 그렇다고 모든 생활비를 정확히 반으로 나누자는 얘기는 아니었다. 열두 살이나 차이 나는, 당연히 보호해줘야 하는 여동생에게 그런 부담을 주려는 생각은 해본 적도 없었다. 다만 얼마만이라도, 하다못해 매월 8~9만 원 정도 나오는 빌라의 공과금만 내준다 해도 동식은 감지덕지했을 것이다. 하지만, 동은은 그의 제안을 들은 척도 하지 않았다. 두 달 전, 동은이 정사원으로 첫 월급을 받은 날 동식은 조심스럽게 경비 분담에 관한 이야기를 꺼냈었다. 오빠의 얘기를 들은 그녀는 정색을 하며 황당한 이론을 전개했다. 한국 사회의 남녀 간 임금차별과 직장생활을 하는 여자들의 유리천장에 대한 장황한 이론을 전개했다. 동은은 동식이 딱히 알아듣지도 못하는 담론을 꺼내 침을 튀기며 자기가 무슨 직장 여성들의 대변인이나 된 듯 열변을 토했다. 그리고 부장 승진 1호 예정자인 오빠는 갓 수습딱지를 뗀 자신과는 아득히 차이나는 기득권으로서 직장생활과 스스로의 삶을 향유하는 만큼, 공동생활의 경비는 전적으로 오빠가 책임지는 것이 당연하다고 결론을 내렸다. 동은의 항변은 낯설고 어색했다. 백 번을 양보해도 결국 자기는 한 푼도 내지 않겠다는 말, 그 이상도 이하도 아니었다. 니가 나보다 훨씬 많이 버니 졸장부처럼 굴지 말라는 거다.

동식은 여동생에게 충격을 받았다. 자신의 의견을 관철하기 위해 교언영색으로 합리화를 하는 부류를 동식은 가장 혐오했다. 동은은 단순히 '돈 내기 싫다'라면 끝날 말을, 어디서 되지도 않는 '썰'을 끌고 와 자기합리화를 하며 거들먹거렸다. 치졸하고 졸렬한 행태다. 4년제 대학을 나왔고, 스물 셋이라는 나이를 먹었는데도 사고능력이나 감성은 열맷 살 때와 달라진 것이 없었다.

동식은 재떨이에 꽁초를 비벼 끄며 머금었던 연기를 길게 뿜어냈다. 거실로 들어서는 그의 볼이 붉게 물들어 있었다. 동식은 해피에게 사료를 퍼주고 난 후, 외출 준비를 했다.


"얼마요?"

"예, 일단 수술을 포함한 치료비만 1,952,000원이네요."

'사랑 동물병원'이라고 새겨진 카디건을 입은 아가씨가 친절하고 야무지게 대답했다.

"그 견적서라고 하나요? 그 내역서 좀 뽑아 주시겠어요?"

"예. 사장님. 수술 후 입원 치료 일정은 빼고, 수술 내역만 뽑아 드릴게요."

기가 막혔다. 백구십오만 원이라니.

동식은 서른다섯 해 동안 총 일곱 마리의 개를 키우고 여섯 마리를 묻어 봤지만, 동물병원에서 오만 원을 넘게 쓴 경우는 단 한 번도 없었다. 더구나 골절 수술을 하는 동물병원조차 흔하지 않았다. 수소문해 알아보니 그나마 인근 지역에서 유일하게 골절수술을 하는 곳이 바로 '사랑 동물병원'이었다.

해피는 예상대로 골절이었다. 오른쪽 앞다리 요척골 골절. 병원에서는 소형견도 아닌 중형견이 뛰어다니다 골절을 하는 경우는 없다며 의아해했지만 환부에 외부충격으로 보이는 상처가 없었기 때문에 뛰다 골절된 것으로 판정을 했다. 동식의 기억에도 해피가 도관더미를 뛰어넘다 착지하며 심한 비명을 질렀던 게 선명했다.

안내 겸 카운터에 있던 간호사가 따끈한 출력물 한 장을 동식에게 건넸다.

「혈액검사: 170,000원, 방사선촬영(흉부): 44,000원, 방사선촬영(근골격계): 44,000원, 마취－호흡마취(〈20kg,〈1hr): 132,000원, 플레이트고정물C: 550,000원, 골절－단순골절수술A: 880,000원… 면세금액: 181,000원, 과세금액: 1,610,000원, 부가세: 161,000원, 합계: 1,952,000원」

내용을 살펴보고 어이없어하는 동식에게, 샴푸실에서 나온 수의사가 다가왔다. 그는 이십여 분 전, 진료실에서 해피를 촉진하더니 바로 골절이라는 판정을 했고 확인을 위해 엑스레이를 찍었다. 해피의 요골과 척골에 골절선이 선명히 보였다. 수의사는 동식에게 치료비가 조금 된다며 치료여부를 결정할 시간을 주었다. 그리고 다음 환견인 개벼룩에 감염된 요크셔테리어의 약욕(약물 목욕)을 위해 샴푸실로 들어갔다.

"많이 비싸죠? 하지만, 골절 수술이 다 그 정도는 듭니다. 플레이트 원가만 해도 이십에서 삼십만 원 가까이 들고요. 개들은 사람처럼 골절 치료가 쉽지 않아요. 얘들은 가만히 있지를 않거든요. 다행히 여기 해피는 골절 부위가 그리 복잡하진 않지만 요골과 척골 두 개가 다 부러졌으니, 확실하게 하려면 핀하고 플레이트를 같이 처치해야 해서요."

"어후, 이놈들은 보험이 되지 않는다니, 어느 정도는 예상했는데… 이건 정말 상상을 뛰어 넘네요. 동물 병원은 광견병 주사 맞힐 때만 가는 곳이라고 알고 있었는데…"

치료비가 동식 월급의 절반 가까이 되었다. 아무리 생각해도 혼자 다 부담할 순 없는 일이다. 이 달에는 영지의 생일도 있었다.

"사장님. 그래도 일단 치료는 해야죠. 입원까지는 안 시키더라도, 저 상태에서 덧나거나 하면 평생 다리를 끌고 다녀야 할 텐데요…"

홍석우 라는 수의사의 명찰이 눈에 들어왔다. 동식은 한숨을 내쉬었다.

"그렇지요, 일단 치료는 해야지요. 이게 뭔 짓인지… 나이가 하나 둘 먹은 어리지도 않은 놈이, 후우, 저 놈도 철이 없는 거 맞죠? 지 나이도 모르고 날뛰니…"

"하하, 해피 견종이 좀 그렇습니다. 사모예드하고 진도 믹스

견이라면서요? 둘 다 똑똑한 놈들이지요. 어렸을 때 제대로 교육 받았으면 아주 쓸 만한 놈이었을 텐데요. 뭐 지금도 늦지는 않을 겁니다. 치료 끝나면 한 번 알아보세요."

"수술하면 다리는 완전히 붙는 거지요?"

"골절된 다리가 완전히 정상으로 돌아가려면 최소 두 달은 걸리고요. 가골假骨이 형성되는 2주 정도는 입원을 해야 어느 정도 회복을 장담할 수 있지요. 아까 말씀드렸지만, 개들 골절은 그 정도에 비해 빨리 낫지를 않아요. 가만히 있지 못하거든요. 계속 움직이고 상처를 덧나게 합니다. 개의 본성이 그래요. 그래서 수술 후에 관리를 잘해야 됩니다."

의사의 말에 동식은 눈을 동그랗게 떴다.

"수술을 해도 완전히 나을 수 없다면 수술 뭐하러 하나요? 선생님 말씀은 수술 후에 완전히 나으려면 꼭 입원을 해야 한다는 것처럼 들리는데…"

"입원을 꼭 해야 하는 것은 아니지만, 가능하면 입원을 권해드립니다. 입원을 하면 지속적인 염증관리와 투약관리, 영양관리를 해주니까요. 최대한 환부가 빨리 아물도록 합니다. 그만큼 접합률이 좋고 집에서 관리를 하는 것보다는 훨씬 상태가 나아지죠."

동식이 듣고 보니 일리가 있었다. 장삿속이라고 말할 수 없는 입원 권유였다.

"아무튼, 일단 수술은 해주십시오. 입원은 수술 끝난 후에 한 번 더 생각해 볼게요. 그런데 하루 입원비는 얼만가요?"

"그러세요. 바로 수술하시죠. 그리고 일단 수술을 하면 최소한 삼일은 입원을 해야 합니다. 드레싱도 하고 항생제하고 소염제로 염증관리를 해줘야하니까요. 집에서 링거 꽃고 투약하기 힘들잖아요. 입원비는 하루에 십만 원인데 제가 하루는 빼드릴게요."

수의사는 큰 선심을 쓰듯 동식에게 수술 당일의 입원료는 빼고 이틀치만 받겠다고 했다. 그리고 진료실 쪽을 향해 외쳤다. '김 선생! 수술 준비!' 김 선생이라 불리는 수의사 한 명이 제 2 진료실에서 나와 해피를 데리고 수술실로 들어갔다.


두어 시간이 지난 후 수술은 끝났다. 해피는 마취에서 깨어나지 않은 채 요양실로 옮겨져 수액을 맞았다. 수술을 마친 수의사 홍석우가 동식에게 경과를 전했다.

"수술은 잘 됐습니다. 말씀드린 대로 핀하고 플레이트하고 같이 처치했어요. 일단 삼일 후에 퇴원하는 걸로 하겠습니다. 가급적 2주 정도는 입원하는 게 좋지만, 상의해 보시고요. 이후, 수술한 부위에서 문제가 생기면 언제든 그냥 봐드리겠습니다. 적어도 제가 한 수술만큼은 끝까지 책임을 지겠습니다. 걱정 마시고요. 해피가 원체 건강하니 금방 회복할 겁니다."

의사가 돌아선 후 동식은 카운터로 향했다. 계산을 해주는 간호사가 생글거리며 홍선생의 실력과 자신들의 케어서비스에 대한 자화자찬을 시작했다. 사랑 동물병원에서 쓰는 플레이트는 생산되는 제품들 중 최고 품질 최고가의 플레이트라고 했다. 수술을 집도한 홍선생은 반려견 골절수술 분야에선 국내 최고라 했다. 그는 플레이트에 'HSW-000'이라고 자신의 이니셜과 일련번호를 새긴다고 했다. 수술에 대한 책임과 임상사례 확보가 목적이라고 했다. 해피는 385번이라고 했다. '대단한 책임감 납셨네.' 얼핏 웃고 있다는 생각이 스쳤지만, 사실 동식은 그녀의 말을 한 귀로 흘리고 있었다.

'이백십오만이천 원. 해도 너무 하네…' 동식은 속이 쓰렸다. 개는 개일 뿐인데…

아니나 다를까. 회식이 있다더니 새벽 한 시에 귀가한 동은은 결국 동식의 속을 뒤집어 놓았다. 지 월급보다 많이 나온 수술비에 대해 단 한 푼도 분담하지 않을 것이라고 재차 선언했다. 예의 관리자 책임을 읊으며 불쌍한 해피가 오빠 때문에 그 고통을 겪는다고 동식을 저주했다. 동식은 동은의 어처구니없는 말에 있는 대로 기가 올랐지만, 술 취한 동생을 상대로 같이 언성을 높일 일이 아니었다. 하지만, '이건 아니다'라는 확신이 들었다. 성인이 된 여동생을 계속 보호가 필요한 어린애로 취급

할 수는 없었다. 동식은 모종의 결심을 했다.

해피는 목요일 밤에 퇴원했다. 하지만, 겨우 하루를 집에서 요양한 후 토요일에 다시 입원했다. 동식과 동은 누구 하나 집에서 해피를 전담해 관리할 수 없었다. 결국 하루 입원비를 9만 원으로 병원과 합의한 후 20일간 입원하기로 했다. 입원비는 동식과 동은이 반씩 분담하기로 합의를 보았다.

해피가 입원한 후, 동식은 동은의 방에 설치된 티비와 인터넷을 해지했다. 출근하기 전 챙겨주었던 아침 씨리얼도 중단했다. 동식은 아침에 자신의 밥만 챙겨 먹고 동은보다 먼저 출근했다. 인터넷을 해지하자 동은은 히스테리를 일으켰다. 하지만, 동식에게 소리를 지르며 항변을 해도 동식은 묵묵부답이었고, 그녀에 대한 지원을 조금씩 끊었다. 동은은 사태가 심각해졌음을 느꼈다. 오빠는 언제나 자신을 이해해 주어야하는데 남보다 못한 사람으로 무섭게 변해가고 있었다. 해피 때문이라는 것은 알았으나, 사고를 낸 당사자인 오빠가 책임지는 것은 너무나 당연한 일이었다. 더구나 입원비는 반씩 부담하기로 하지 않았는가. 그런데도 이렇게까지 자신과 선을 긋는 것은 부당하다고 생각했다. 동은은 자기 방의 인터넷을 제 돈으로 다시 개통하며 항복을 할까하는 생각이 들었다. 하지만, 자존심이 용납하지 않았다. 따로 방을 얻어 나갈 생각도 해보았지만 아무리 생각해도 아직은 함께 사는 것이 남는 장사였다. 동은은 최대한 버텨보자 하는 결심을 했다.

동식과 동은 오누이 사이에는 살얼음 위를 걷는 것 같은 긴장감이 흘렀다.

폭염이 시작될 즈음 해피가 퇴원했다.

해피는 동은이 데리고 왔고, 동식은 동은에게 90만 원을 이체했다. 돌아온 해피가 집안에 흐르는 냉랭함을 조금은 누그러뜨렸지만 오누이는 여전히 말을 섞지 않았다. 동식은 동은이 해피와 함께 방을 얻어 나가기를 희망했지만 내색하지 않았다. 한편으로는 20여 일 간의 냉전이 나름 효과가 있는 것 같기도 했다. 동식의 말 한마디 없음에도 해피의 산책이나 목욕, 먹이주기는 전적으로 동은의 몫이 되었다.

7월 중순이 되자 직원들이 하나둘씩 휴가를 떠나기 시작했다. 동식은 휴가를 가을로 미뤘다. 주위에서는 약혼자인 영지와 날짜를 맞추기 위해서라고 말했지만, 사실은 해피 병원비의 타격으로 한동안 씀씀이를 줄여야 했다. 동은은 며칠 동안 제 친구들과 전화통화를 하더니 7월 말에 휴가를 갔다. 해피는 성남에 사는 고등학교 친구에게 맡긴다고 했다. 동은이 대학친구와 3박 4일 간 홋카이도를 갔다는 것은, 동식이 서울 본가에 들렀을 때 모친에게서 들었다. 동은과 해피가 집에서 사라진 4일 동안 동식은 진심으로 그녀의 휴가를 만끽했다.


"아니, 그게 무슨 얘기야ー 자세히 말해 봐! 넌 뭐하고 있었는데? 아… 말도 안 돼. 금방 갈게. 기다려ー"

저녁나절 휴가에서 돌아와 짐을 풀던 동은이 새된 소리를 지르며 방에서 뛰쳐나왔다. 소란스레 신발을 꿰차고 현관문을 부서져라 닫았다. '또, 뭔 지랄이야' 베란다에서 담배를 피던 동식이 미간을 찌푸렸다.

열한시나 되어 귀가한 동은이 방문을 두드렸다. 잠이 막 들려는 동식이 뭐라 대답을 하기도 전에 동은이 방으로 들어왔다.

"뭐야. 이 시간에."

아무 말 없이 서있는 동은의 얼굴에 짜증과 슬픔이 묻어 있었다.

"오빠. 해피가 없어졌대… 도망간 건지 잡혀간 건지 모르겠는데… 해피가 오늘 없어졌대."

동식이 침대에서 몸을 일으켰다.

"그게 무슨 소리야. 니 동창에게 맡겼다며…"

"기집애가 공원에서 산책 중에 화장실 간다고 해피를 근처 가로수에 묶어 놨대… 그런데 일보고 나오니까 없더래…"

동은은 결국 울음을 터뜨리며 풀썩 주저앉았다. 대성통곡을 하기 시작했다.

"……"

동식은 아무 말도 할 수 없었다. 이렇든 저렇든 5년이나 정들었던 해피가 사라진 것도 어이가 없었지만, 아무리 그렇더라도 말만한 처녀가 저렇게 대성통곡을 하다니 눈앞의 광경을 선뜻 받아들일 수가 없었다.

'허… 지밖에 모르는 싸가지가… 되게 슬퍼하네… 응?'

문득 동식의 망막에 과거의 풍경 한 점이 겹쳐졌다. 자신의 허리를 안고 울던 열두 살짜리 꼬맹이가 오버랩되었다.


"동식이냐? 철우다. 잘 살았냐? 동기모임 할 거다. 8월 8일 다음 주 토요일 오전 10시다. 진관사 알지? 거기 앞에 식당 '돼지네'로 예약했다. 모두 나온다고 했다. 꼭 나와라. 그리고 이번에 우리 모이면 '동식 장개회'로 모임명을 만들기로 했다. 니가 주인공이니까 필히, 꼭, 무조건 나와라."

철우가 전화를 했다. A대학 입학 동기 열한 명이 모두 모인다는 거였다. 대학 졸업 후 제각각 흩어진 동기들은 가끔 결혼식 때만 몇몇 얼굴을 볼 수 있었다. 동식이 동식 장개가 뭐냐고 묻자 철우는 '니 눔 장가보내기. 즉, 동식이 장가보내기의 약자지 뭐냐, 형님들이 니가 안쓰러워 만들었다. 뭐 사실은 부럽기도 하지만. 푸하하하'며 농을 쳤다.

8월 8일 토요일.

동식은 한 시간 늦게 돼지네에 도착했다. 용인에서 강남까지는 괜찮았는데, 강변북로가 많이 막혔다. 모임 계획상으로는 열 시에 모여 족구를 한판 하고 점심을 먹는 것으로 되어있었다. 하지만, '족구는 개뿔' 동식의 예상대로 동기 놈들은 이미 술잔을 부딪치고 있었다.

동식이 방안에 들어서자 '서른다섯 노총각 등장'이라며 와자 지껄하게 그를 환영해 주었다. 친구들과 인사를 나눈 동식이 세 번째 테이블의 언저리에 자리를 잡았다. 안쪽 테이블에 앉았던 철우가 소주병을 들고 앞에 앉으며, 주방을 향해 '이모님'을 외쳤다.

"이모님! 여기 전골 대짜로 하나 더— 푸짐하게!"

철우가 동식에게 술을 따랐다. 몇 년 만에 보는 반가운 얼굴이었다. 동식은 철우와 우성, 광수와 수작을 부리며 기분이 고조되었다. 안주를 챙기지 않았는데도 취하지 않았다. 살아온 얘기가, 살아가는 얘기들이 테이블 위의 고기더미보다 맛깔났다. 동기들이 달리 좋은가! 동식은 분위기에 한껏 취하고 있었다.

"여기 전골 왔어요~ 이미 익힌 거니 한 번 가볍게 끓여 덥혀 드시면 돼요!"

분홍색 앞치마를 두른 중년여인이 족히 지름이 30센티는 되어 보이는 전골냄비를 가스버너 위에 올렸다. 냄비 안에는 큼지막한 고기덩어리 몇 개와 그 위로 듬뿍 얹은 들깨가루, 싱싱해

보이는 새파란 부추가 수북하였고, 고사리, 토란대와 큼직큼직
하게 썬 대파가 국물과 푸짐하게 어울리고 있었다.

"철우야. 이거 뭐냐? 그거냐? 여기 돼지갈비집 아니냐?"

"아따— 자슥. 보면 모르냐? 초복은 이미 지났고, 중복이 낼
모레라 겸사겸사해서 시킨 거다. 마! 니는 아직 총각이라 모르
지만, 결혼한 형님들한테는 아주 중요한 것인게, 감사히 생각하
고 실컷 먹어라! 클클. 그리고 이 공돌이 놈아. 여긴 원래 보신
탕이 전공이야. 이름이 돼지네면 돼지만 잡아먹어야 되냐? 하하
하."

"그러네, 말 되네. 자! 그럼 결혼한 고자들을 위해 한 잔 하시
고~"

동식의 답에 철우와 광수가 폭소를 터뜨리며 잔을 부딪쳤다.

동식은 국물을 한 숟갈 떴다. 간이 적당한 게 식재료가 어우
러진 감칠맛이 살아 있었다. '음!' 동식은 속으로 감탄하며 고깃
덩어리의 살점을 떼어 맛을 보았다. 누린내가 나지 않았다. 개
고기 특유의 부드러운 식감이 입 안을 휘저었다.

"음. 맛있네. 냄새도 없고, 전골이 제대로네—"

철우가 이내 동식의 말을 받았다.

"자슥아. 그럼 내가 우리 동기님들을 허접한 곳으로 모실 줄
알았냐? 여기는 손님들이 한 시간씩 기다리는 데야. 요즘 같은
성수기에는 이틀씩 기다려야 하고. 하하하."

동식은 오랜만에 맛보는 보신탕에 푹 빠져 들었다. 동식은 개고기를 찾아서 즐기지는 않았지만, 그렇다고 자리가 되면 피하지도 않았다. 그저 음식일 뿐이라는 생각이었다. 물론 동은은 '어렸을 때부터 개를 키워왔으면서, 심지어 개가 죽으면 매번 무덤까지 만들어주면서 어떻게 개를 먹을 수 있느냐'며 동식에게 격하게 항의를 하곤 했다. 중학교를 다닐 때에는 아버지와 함께 보신탕을 먹고 온 동식에게 위선자, 사이코패스, 야만인, 식인종이라며 자신이 구사할 수 있는 모든 욕을 퍼부었었다. 동식의 입귀에 자그만 웃음이 걸렸다. 보신탕을 먹는 모든 이들을 동은이 지금 우리 모습을 본다면 뭐라고 할까.

"동식아. 뭐가 그리 재밌어서 혼자 웃냐? 같이… 어?"

두툼하게 살코기가 붙어있는 뼈다귀를 들고 살을 발라먹던 철우가 갑자기 정색을 했다.

"아… 이거 뭐야~ 아……, 씨바… 갑자기 기분 더러워지네!"

철우가 들고 있던 뼈 덩어리로 테이블을 두드리며 고함을 치기 시작했다.

"이모! 이모! 여기 와봐! 어이—, 사장님!"

철우의 고함 소리에 와자했던 좌중의 테이블이 조용해지며 시선이 모아졌다.

철우는 들고 있던 뼈다귀를 어깨 위로 흔들며 시비조로 언성을 높였다. 그의 오른손에서 휘청거리는 뼈가 순간순간 반짝거렸다. 광수가 뼈다귀를 빼앗아 살펴보기 시작했다.

"야, 이거 뭐냐? 무슨 기다란 쇠딱지가 뼈에 붙어있냐… 볼트로 단단히 고정했는데?"

동식의 옆에 있던 우성이 광수에게 손을 내밀었다.

"광수야. 줘 봐… 아— 이거 플레이트네. 개들 다리 부러지면 수술할 때 부목 대듯이 뼈끼리 이어붙일 때 쓰는 거야. 우리 집 발발이도 요골인가, 척골인가? 그게 나가서 이거 한 적 있어."

뼈다귀를 살피던 우성이 뼈에 박힌 쇠딱지의 정체를 깔끔하게 밝혔다.


"어? 여기에 뭐가 적혀있네? h하고 s, w. 그리고…3, 음…8? 5? 영문 이니셜하고 숫잔데? 숫자가 새겨져 있네. 에이치, 에스, 따블류, 삼, 팔, 오! HSW385. HSW385? 이게 뭔 뜻이냐?"

뼈다귀를 내려놓으려다 무언가를 발견한 우성이 안경을 쓰고 쇠딱지를 세밀하게 살펴보며 나직하게 말을 이었다. 그리고 누군가 답을 해달라는 표정으로 좌중을 둘러 보았다.


옆자리에서 동식이 식체食滯라도 생긴 낯빛으로 우성에게 재차 확인을 요청했다.

우성이 다시 천천히 한 글자 한 글자 동식에게 읽어주기 시작했다.

'오'라는 우성의 마지막 음절이 끝나자 동식은 마치 벼락이라
도 맞은 듯 자리를 박차고 마당으로 뛰쳐나갔다. 그리고 온 몸
을 떨며 구역질을 하기 시작했다.

# 역설적 비틀기와 극적 반전의 마술

고시홍 소설가

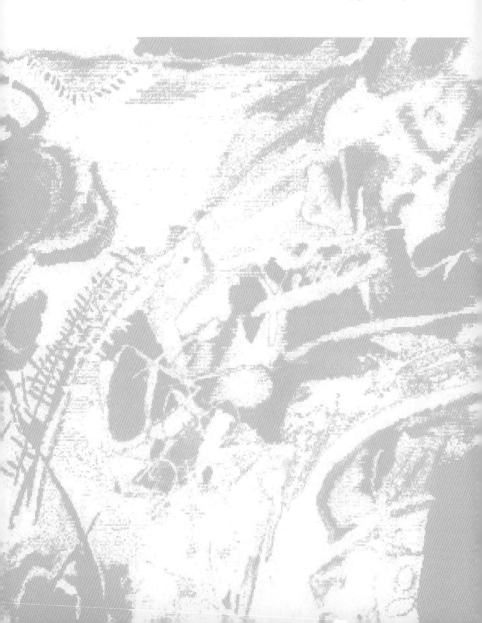

박 황(본명: 박 민) 작가와 처음 명함을 주고받으며 악수를 하고, 대화를 하기 시작한 것은 2014년 7월 망망대해, 동해바다 한복판에서였다. 한국소설가협회의 '한국문학과 독도' 세미나 때, 해군 향로봉함 갑판에서 담배를 피우는 '원시인' 무리들과 지루한 시간을 죽이면서였다. 궂은 날씨 때문에 독도 답사는 먼발치에서 눈요기로 끝났고, 그날 밤은 동해시인지 강릉시인지 기억이 가물거리는 숙소에서 그와 2인 1실 한 방을 썼다. 이후 소설가협의 정기총회, 세미나 행사 때 만났고 개인적인 술자리도 두어 번 가진 것 같다. 밥그릇 숫자로 따지면 내가 이십 년이 앞서지만 '꼰대'가 아닌 '선생님' 대우를 하고, 협회 행사에서는 도우미를 자청하고 나서는 모습에 호감이 갔다. 한 해를 보내고, 새해를 맞이하는 메시지를 보내오더니, 산청과 서울을 오가며 생활할 때는 곶감 선물도 받았다.

그리고 2017년 11월 「한국 소설문학에 나타난 '제주4·3사건'」을 주제로 진행된 한국소설가협회의 '제주 가을 심포지엄'에서 나와 짝을 이뤄 주제 발표와 토론을 했다. 헌데 박 황의 첫 소설집 『사람 동물원』에 '발문'을 쓰게 된 것은 내 실언 때문이었다. 12월 중순 초저녁, 나홀로 낮술을 수면제로 삼아 겉잠에 들었다가 그의 전화를 받았다. 그는 '선생님, 요즘 바쁘세요.'라는 질문 아닌 질문을 던졌고, 뭐라 대답해야 할지 몰라 주저하는데, '이번에 작품집을 내는데 선생님 한 마디해 주세요.' 했다. 나는 작품집 표지 뒷면에 실리는 광고문안 같은 촌평寸評인 줄 알고, 드러누운 자세 그대로 눈을 감은 채 선잠에서 깬 목소리로 '그러지 뭐.' 하며 축하한다는 말도 미리 가불해서 전했다. 다음날 아침, 짐짐한 마음에 '그러지, 뭐'의 의미를 곡해할 수도 있겠다 싶어 전화를 걸었다. 그의 머리에는 이미 '해설' 또는 '발문跋文'을 써주겠다는 것으로 입력돼 있었다. '책의 끝에 본문 내용의 대강大綱이나 간행 경위에 관한 사항을 간략하게 적는' '발문'을 쓰기로 했다. 작가 도움을 받아가며 『사람 동물원』

의 담론을 시작했다.

그는 서울에서 태어나고 자라며 중고등학교를 거쳐 동국대 불교대학교 인도철학과 졸업과 대학원 인도철학과를 수료한 후, 동국대 불교대학원 사회복지학과를 나오고 사회복지학 석사학위를 받았다. 인도철학과 대학원을 수료한 후에는 생명·화재보험 영업, 정수기 영업, 이삿짐센터 직원, 막노동, 학습지 교사, 학원 강사 등 여러 직업을 전전하다가 2003년 시립은평노인종합복지관에 유급 자원봉사자로 입사, 18개월 만에 정식 사회복지사로 취업하고 이후 대학원에서 「한국노인의 소득보장제도 인식에 관한 연구」로 사회복지학 석사학위를 취득했다. 2003년부터 2009까지는 노인종합복지관에서 주로 재가복지(가정방문, 사례관리, 도시락배달, 물리치료, 이동목욕 등) 관련 사회복지사로 근무하다가 퇴직했다. 2010년 겨울 경상남도 산청읍으로 귀농해 2016년까지 산청에서 곶감 농사를 지으며 한 달에 절반씩은 아내와 세 아들이 거주하는 서울과 혼자 농사를 짓는 산청에서 지냈다. 2014년 산청으로 전입신고를 하고 영농사교육, 굴삭기 교육 등 각종 영농교육을 수료한 상태였다. 2017년 1월부터는 '산청군 청소년방과후아카데미' 사회복지사(청소년지도사 2급 취득)로 재직하고 있다. '방과후아카데미'는 여성가족부의 청소년 관련 사업으로 구·군 단위에 하나씩 있다.

소설집『사람 동물원』에는 그의 유별난 이력서의 행간에 깔린 잠재의식과 신체언어의 흔적들이 묻어 있다.

그가 본격적인 소설 수업을 받은 것은 2012년 1월부터 한국소설가협회가 진행한 '소설 창작반'에서였다. '귀농 후 1년간 경제적, 가정적인 여러 문제로 힘들어 할 때라서 치유의 목적으로 수강신청을 했다. 그때까지의 삶은 학교에서 지낸 초중고·대·대학원(2년, 3년) 총 21년이 가장 길었는데 무엇인가 새로운 세계를 접하면서 안정을 찾았다.'고 했다. 그리고 그해 여름에는 단편「살계殺鷄」가 한국소설가협회의 제32회『한국소설』신인상에 당선되었다. 그후 꾸준히 작품을 발표했는데, 한국소설가협회에서 편찬하는 '신예작가'(2014~2016) 작품집에 상재되기도 했다. 2016년 4월 KBS 라디오의 '라디오 독서실'(현 '라디오 문학관'의 전신)에 단편「해우解憂」가 각색돼 방송되었고, 은평구문화원에서 발간한『토박이와 함께 하는 은평산책』(2016)의 공동저자로 참여하기도 했다.

박 황 소설집『사람 동물원』에 실린 작품은「외계인 마실기」,「사랑 동물원」,「나침반」,「그곳에 그가 있었다」,「궁합」 5편이다. 작품집 제호를 다섯 편의 작품명에서 고르지 않고, 굳이 계열사를 거느린 대기업 본사 즉, 모태기업의 상호처럼 '사람 동물원'을 고집한 이유는 뭘까. 이게 '발문'의 첫 화두였다. 초록은 동색이라는 속담을 떠올리면서.

「외계인 마실기」는 중편소설 분량에 가깝다. 환상과 현실을 넘나드는 판타지 소설이다. 「외계인 마실기」는 행성계의 비현실적 존재인 '나'와 현실적 인물인 '성재'를 중심축으로 전개되는 복합적 구조이다. '나'는 멧돼지에서 오소리와 인간에게로 옮겨가며 의탁해 행동한다. 의식의 흐름에 따라 판타지 기법으로 모자이크된 작품으로 우화적, 풍자적 색채가 짙다. 작품 전반부에 나오는 외계인인 '나'의 정체, 그리고 외계인이 포착한 인간의 속성을 압축해 재구성하면 이렇다.

　―나는 외계인이라고 불리는 무형의 존재이다. 증오나 숭배의 대상이 되기도 하며 의식, 욕망이 있고 감각을 느낄 수도 있다. 감각은 의탁한 몸체에 전적으로 의지한다. 우리 종족의 수명은 정해져 있지 않고 원하는 시간만큼 존재할 수 있다. 문명을 촉진하고, 생명을 만드는 종족들은 그들의 욕망에 충실할 뿐이다. 우리 역시 우리에게 부여된 임무와 욕망에 충실이 임한다. 우주에는 수많은 본질이 개별성을 갖고 존재하며 파괴되지 않는다. 인간들이 언급하는 영혼, 자아, 아트만 같은 것이다. 하지만, 언제나 같은 성질을 지니고 있지는 않다. 내 임무는 인류라는 종의 진화 정도를 정기적으로 보고하는 것이며, 나는 임무로 보면 하위계층에 속하지만, 의식과 욕망은 중간계층에 속하는 어정쩡한 경계에 머물러 있다. 나는 어떤 임무에서든 기계공

학적인 몸만 사용해야 한다. 그런데 나는 지금 이런 의탁 규정을 어기고 있다. 정결한 우리 종족의 기준으로 보면 '중 2병 걸린 놈', '철없는 어린애'와 같다. 나는 지금 심심풀이로 지구라는 원시 행성의 오지문화 안에서 놀고 있다.

나는 바이칼 호수 근처에서 한반도에 몸을 내린다. 이곳 원시인들은 같은 언어를 쓰고, 유전형질도 거의 똑같은 종족이다. 하지만 손톱만한 한반도는 비무장지대라는 완충지역을 경계로 대치하고 있다. 그 덕분에 인간의 발길이 닿지 않는 생태계가 이루어져 있다. 나는 그곳에서 가장 덩치가 거대한 멧돼지의 몸에 자리를 잡는다. 우리 종족이 생체에 들어갈 때는, 보통 이상이 되는 개체의 무게나 부피, 진중함과 내성적 기질을 최소한의 기준으로 삼는다. 모험심과 호기심이 많은 개체는 위험에 노출될 가능성이 높고, 열이 많은 개체 역시 안에서 조용한 휴식을 취하기 어렵다. 인간에게 적용하면 조금은 병약한 심신의 상태를 좋아하며 경박하거나 흥이 많은 개체는 꺼린다.

사격 자세를 취하는 군인들에게 돌진하던 멧돼지의 몸에 총탄이 박힌다. 인간들이 걸레가 된 놈의 주위로 다가온다. 나는 조용히 몸을 뺐다. 놈의 사체를 한 곳으로 밀어 넣고 인간무리가 다시 이동을 시작하자, 그제야 멧돼지 놈의 본질이 놈의 몸에서 빠져 나온다. 나는 감각의 통로를 닫고 놈의 육체가 멈추는 것을 바라본다. 인간 아닌 것들이 스스로 제 육체의 기능을 끝내는 일은 흔한 일이 아니다. 인간을 포함한 90퍼센트의 포유류는 자신들의 본질을 알 수 없는 상태에서 태어나도록 포맷된다. 그 중 인간들의 '각성' 비율이 대략 0.1퍼센트 정도로 가장 높은 편이나, 인간들은 대부분 기능의 상실 직전(그것도 갑작스런 재해나 사고가 아닌 자연스러운)에야 알아차리기 때문에 별다른 의미가 없다.

나는 굴을 나와 낙엽더미를 헤치고 마을로 향하다가 인간 냄새를 맡는다. 사람이란 것들은 모두 마음에 들지 않는다. 대부분이 허깨비인 그들은 열등감과 두려움에 목소리를 높인다. 산에 오르는 것들 열 중 아홉은 억지웃음을 지으며 사진을 찍는다. 아무 멋도 없는 계곡에, 나무에 조리개를 맞춘다. 이 무식한 놈들은 가슴이 시릴 정도의 장관은 사진에 담을 수 없다는 걸 모른다. 그리고 자기들만 언어가 있는 듯 쉴 새 없이 떠들어댄다. 물소리와 하늘소리, 숲속 친구들 소리와는 이질적인 부산한 소음이 나는 너무 싫다.

전반부는 『사람 동물원』에 수록된 다섯 편의 작품에 담긴 메시지인 듯해서 흥미롭다.

다음은 후반부의 이야기다.

─성재가 터널공사 현장을 지나 친환경로에 접어든다. 그는 그렇게 긴요하고 급한 공사인가 하는 의구심을 갖는다. 수확이 끝난 감나무 밭에는 빈 나무 아래마다 감 껍질이 무더기로 쌓여

있다. 감나무 퇴비로는 감 껍질이 최고라는 아랫집 종수의 얘기를 떠올린다. 종수네 곶감과 말랭이는 품질 좋기로 소문이 자자해 선매입을 하려는 도매업자, 소매업자들이 몰려든다.

산청대로의 낙엽들이 바람을 타고 하늘로 치솟으며 강강술래를 돈다. 맹렬하게 바닥을 질주하며 휘도는 군무다. 산청의 바람은 신명이 넘친다. 지리산을 넘나드는 천지간 숨들이 산청에서는 놀이판을 벌이는 것 같다. 지리산의 바람은 도시에 휘도는 칼바람이 아니다. 성재는 대원사 계곡을 지날 때마다 처음처럼 감탄한다. 역학易學을 하던 백 선배가 이층집만 한 바위에 가부좌를 틀고 앉아, '오래된 큰 바위엔 천지간 기가 응축되어 있어. 특히 이 대원사 계곡은 명불허전 지리산, 그것도 천왕봉의 기가 흐르는 명당'이라 했던 입선게入禪偈를 회상한다. 해발고도 710미터. 길이 끊긴 위로 하늘 아래라는 펜션과 여관 간판이 보인다. 새재마을은 매년 하늘과 가까워진다. 성재는 조개골 산장 밑의 공터에 차를 주차하고 '천왕봉 8.8km'라는 이정표의 화살을 따라 오솔길로 접어든다.

오소리 몸에 의탁한 '나는 오랜만에 마실 겸 왕봉에 있는 굴에서 잠을 자다가 심한 비린내와 발자국 소리에 잠이 깼다. 사람의 비린내, 까마귀 냄새, 바위 냄새, 오소리 냄새, 허깨비 냄새. 냄새의 진원지를 확인한다. 눈과 코 밑으로 깊은 팔자주름이 진 중년남자. 이십여 년 전, 비슷한 냄새를 피우던 놈은 촛대봉 인근에서 목을 맸다. 바위 옆을 지나던 남자가 멈춰 선다. 나는 그가 스스로 제 목숨을 버리러 가는 것으로 판단해 흥분한다. 나는 재미있는 구경을 할 수 있다고 기대하며 놈을 따라 나선다.

성재가 바위 무더기를 지나는데 문득 따뜻한 미풍 같은 온기가 왼쪽 볼을 어루만지듯 스친다. 지리산은 땅에서 가을을 빨아 하늘로 내뿜고 있다. 3대의 덕을 쌓아야 일출을 볼 수 있다는 지리산 천왕봉. 이십여 년 전 대학 동기들과 일출을 맞았던 당시의 감동이 생생하게 살아나고, 정상의 매서운 바람 속에서 온기를 느낀다. 바람의 춤이 시작되는 곳. 천왕봉 아래서는 세상의 번뇌가 옹알거린다. 성재의 머릿속이 비워지고 있다. 나도 놈을 좇아 왕봉의 정상까지 오른다. 그런데 천왕봉 정상에서 놈을 싸고돌던 허깨비 냄새가 싹 가시고 하늘내와 흙내가 섞인 싱그러운 향이 나기 시작한다. 기대와는 다른 광경에 놀란 나는 지리산의 늙은 오소리에서 몸을 뺀다.

성재는 천왕봉에서의 희열과 삶에 대한 욕구를 간직하고 구곡산 집으로 들어선다. TV에서는 연예인, 의사, 교수, 전직 기자가 모여 세상살이 처세술을 떠벌린다. 베트남 여인과 결혼해 2녀 1남을 둔 종수가 교통사고로 죽었다. 젊은이들이 만취상태로 운전하다 종수의 차와 정면충돌했다 한다. 그들 일행도 한 명은 즉사하고 두 명은 중환자실에 있다. 성재는 '이번 생은 망

했어, 애들이나 키우는 걸로 끝이야.' 하던 아내의 말을 생각한
다.

나는 "재수가 있다고 해야 하나 없다고 해야 하나. 세 번의
의탁에서 두 개체가 제 본질을 봤으니 애매하다. 편하게 지내려
는 목적이 전부는 아니지만, 너무 자주 옮기는 것도 불편하다.
두 개체가 다 터프하게 옷을 벗어 버렸다. 멍청한 인간 놈은 아
직도 어리버리 헤매고 있다."고 한다. '나'는 지리산 천왕봉 정
기에 도취해 있는, 타락한 외계인임을 시사示唆한다.

「사랑 동물원」의 동식과 동은 오누이는 함께 빌라에 살면서
같은 회사에 다닌다. 동식과 열두 살 터울인 동은은 4년제 대학
을 나왔고, 스물 셋이라는 나이를 먹었는데도 사고능력이나 감
성은 열댓 살 때와 달라진 것이 없다. 엄마가 마흔넷에 낳은 고
명딸이다.

그런데 동식과 공원을 산책하던 애완견 해피가 다친다. 동식
은 서른다섯 해 동안 총 일곱 마리의 개를 키우고 여섯 마리를
땅에 묻었다. 곰돌이, 진돌이, 코니, 순덕이….

동식은 화급한 일이 생겼다며 연차를 내고 해피를 동물병원
에 데려갔다. 인근 지역에서 골절수술이 가능한 곳은 '사랑 동
물병원'이 유일하다. 수술을 끝낸 수의사는 "말씀드린 대로 편
하고 플레이트하고 같이 처치했어요. …수술한 부위에서 문제
가 생기면 언제든 그냥 봐드리겠습니다. 적어도 제가 한 수술만

큼은 끝까지 책임을 지겠습니다."라고 장담했다. 사랑 동물병원에서 쓰는 플레이트는 최고의 품질이라고 했다. 수술을 집도한 홍석우 선생은 반려견 골절수술 분야에선 국내 최고 권위자다. 그는 플레이트에 'HSW−000'이라고 자신의 이니셜과 일련번호를 새긴다. 해피는 385번이다. 수술 내역만 이백만 원 가까이 나왔다. 개는 개일 뿐인데…….

폭염이 시작될 즈음 해피가 퇴원한다. 직원들이 휴가를 떠나기 시작한다. 동식은 휴가를 가을로 미뤘고, 동은은 제 친구들과 7월 말에 휴가를 떠난다. 그런데 휴가에서 돌아오던 날 동은이 해피가 도망간 건지 잡혀간 건지 모르겠다며 대성통곡한다. 해피를 맡겼던 친구가 공원을 산책하다가 화장실에 다녀 온 사이에 행방불명이 됐다 한다. 5년이나 정들었던 해피였다.

며칠 후 식당 '돼지네'에서 A대학 입학동기 열한 명이 모임을 가졌다. 모임 장소가 보신탕 전문식당인 것은 회식이 진행 중에야 알았다. 손님들이 한 시간씩 기다리는 곳. 성수기에는 이틀씩 기다려야 하고. 동식은 오랜만에 맛보는 보신탕에 푹 빠져 든다. 그저 음식일 뿐이라는 생각이다. 철우가 살코기가 붙어있는 뼈다귀에서 볼트로 고정된 쇠딱지를 발견한다. 개의 부러진 다리를 수술할 때 부목 대듯이 뼈끼리 이어붙일 때 쓰는 플레이트. 뼈다귀를 살피던 우성이 뼈에 박힌 쇠딱지의 정체를 밝힌다. "h하고 s, w. 그리고…3, 음…8? 5? 영문 이니셜하고 숫잔데? 숫자가 새겨져 있네. 에이치, 에스, 따블류, 삼, 팔, 오! HSW385. HSW385? 이게 뭔 뜻이냐?" 옆자리에 있던 동식이 식체食滯가 생긴 낯빛으로 변한다. 동식은 자리를 박차고 마당으로 뛰쳐나가 온 몸을 떨며 구역질을 하기 시작한다.

동은은 '어렸을 때부터 개를 키웠고, 개가 죽으면 매번 무덤까지 만들어주면서 어떻게 개고기를 먹느냐'고 동식에게 격하게 항의를 하곤 했다. 중학교 때에는 아버지와 함께 보신탕을 먹고 온 동식에게 위선자, 사이코패스, 야만인, 식인종이라며 자신이 구사할 수 있는 모든 욕을 퍼부었다. 극적 반전의 결말로 두 얼굴의 군상들에 대한 민낯을 익살스럽게 풍자하고 있다.

「나침반」은 판타지소설이다. 나침반(羅針盤)의 사전적 의미에는 '항공, 항해 따위에 쓰는 지리적인 방향지시 계기'라는 뜻도 있다. 인생의 내비게이션 [길도우미]이라는 중의적 의미로도 받아들일 수 있겠다.

형석은 내성적이고 올곧은 성격으로 대인관계에 많은 압박을 받았다. 5년 전, 형석은 회사를 나와 사촌형과 전통식초 제조 사업을 시작한다. 직원은 형석, 사촌형과 형수, 그녀의 남동생 정남 넷이다. 지금은 석 달째 월급을 받지 못하고 있다. 공장 인근에는 형석이 마음 가는 대로 들르는 피난처, 휴식처 같은 길손주막이 있다. 어느 날 길손주막을 찾은 또래의 낯선 여자와 술을 마신다. 대화는 형석의 자기 소개와 전통식초에 대한 자랑과 홍보, 자신의 가정사, 근래 자주 느끼는 허무함과 기억력의 감퇴 등 중년의 슬픔에 관한 넋두리로 이어지고, 십 개월 된 막내아들에 대한 이야기로 끝난다. 그녀는 헤어지며 "지금 많이 힘드시겠지만 금방 모든 게 다 잘 될 거예요."라고 했다. 꼭 무엇에 홀린 것 같다. 초점이 안 맞는 눈을 부릅뜨며 전화번호를 살피던 형석이 어깨를 들썩이며 소리 내어 웃는다. "염병한다. 생활비도 갖다 주지 못하는 가장이 무슨 연애? 월급 구경한 지가 언젠데 연애는 얼어 죽을… 지랄…"

근래 형석의 시간에는 어딘가 구멍이 생긴 것 같았다. 아이들과 마누라가 잠이 들면 새벽 한두 시까지 소리를 죽인 티비를 시청하고, 아침에 일어나 커피를 마시고 출근하며 그리고 퇴근, 티비 시청…. 어제와 오늘이 언제나 같은 시간대에 있는 듯해서 형석을 혼란스럽게 한다. 형석은 자기 집, 나나슈퍼와 길손주막 주차장을 뒤지며 차를 찾지만 어디 주차했는지 기억이 나지 않았다. 자신의 주위가, 시간이, 기억이 모든 게 다 혼란스러웠다. 저녁 일곱 시가 지났는데 집에는 아무도 없다. 전화기의 자동 응답기에서 아내 친구의 목소리가 흘러나온다. '사십구재 잘 치렀니? 이제 광식이 아빠 좋은데 갈 거야… 그리고 내가 지난번에 알아봐 주겠다고 한 보살 말이야. … 전화번호는 010-0000-000x이고 이름은 기영숙이야. 옆 동네 살아.…광식이 아직도 악몽 꾸고 잠꼬대 심하게 한다며… 작은애는 어디 아픈데 없지?

아무튼 기운 내. 내일 다시 전화할게.'

순간 형석은 자신이 죽은 영가靈駕임을 깨닫는다. 이승과 저
승 사이에서 천도되지 못하고 떠도는 고혼孤魂. 그는 사촌형수
의 동생과 운전 중에 싸움을 하다가 교통사고로 죽었고, 자동차
는 폐차된 상태였다. 그런 줄도 모르고 자신의 집과 공장과 길
손주막을 배회하며 기영숙을 만났다. 그녀는 영적·초자연적 존
재와 인간을 매개하는 영매靈媒였고, 개가 그를 향해 짖어대고,
큰아들이 악몽에 시달리는 것은 형석의 음기 때문이었다.

영가인 형석은 삶의 무게에 짓눌린, 팍팍한 세상에서 허둥대
는 자들의 실루엣이 아닌가 싶다.

「그곳에 그가 있었다」는 작가의 이력서로 미뤄볼 때, 직접적
체험의 성격이 짙다.

강 선생은 요즘 이년 전 끊었던 담배를 다시 피우기 시작한
다. 그의 본래 업무는 서비스 대상자의 면접과 사례관리, 자원
연계, 요양보호사 관리와 요양보험의 재가서비스 관련 일이다.
지금은 남자 요양보호사의 부족으로 요양보호사 역할을 겸해
목욕서비스를 하고, 행정업무를 보느라 정신없다. 그는 사회복
지사를 자신의 천직으로 생각했다. 복지관의 업무는 대체로 다
른 조직에 비해 과중했다. 그런데 그 자신은 '봉사와 희생'이 몸
에 밴 자기모순에 빠진다. "정성을 다하지 않으면 불가능한 일
을 하면서도 보살菩薩로 가지 못하는 속인俗人일 수밖에 없는 한

계"를 느낀다. 평소 목욕서비스를 진행하며 자식들이 부모 봉양
은커녕 홀대하는 모습을 숱하게 접하면서, 인성이 틀린 놈들이
라고 혀를 찼다.

그가 '늙은 아기'가 된 최 노인에게 보내는 연민의 정은 무표
정한 노인 얼굴에 화색이 돌게 한다. 최 노인 부부는 재산을 '덜
떨어진 딸년에게 다 빨리고' 봉양은커녕 생계조차 힘들어진 '바
보 부모'의 전형이다. 최 노인의 뇌경색 발병 후에는 김 노인이
빌딩미화원으로 생계를 꾸리고 있다. 강 선생 부모의 건물에는
여동생과 매부가 살고 있다. 하지만 강 선생이 아버지 기저귀를
사다주고 목욕탕에 데리고 가서 목욕을 시킨다. 알츠하이머 환
자인 아버지를 "나라에 충성하듯 효도를 해야 되는 대상"이라며
"이틀에 한 번씩 마누라를 두들겼든, 자식들을 앉혀 놓고 아무
내용도 없는 세상사 장광설에 침을 튀겼든, 고주망태가 되어 쌍
욕과 손찌검으로 오누이를 훈계했든 어쨌든 아버지"라고 생각
한다.

그리고 석 달 전에 배우자가 작고한 후 경기도로 전출 간 곽
노인이 목욕을 하고 싶다는 전화를 받는다. 이동목욕사업의 서
비스 수급자는 해당 자치구의 기초생활보호대상 노인과 저소득
층 노인으로 한정되어 있다. 강 선생은 망설이다가 승낙한다.
도시락 배달, 이동목욕, 방문물리치료 등의 재가복지서비스를
제공하며 맺어진 곽 노인과의 정을 쉬이 내칠 수가 없었다. 휴

식을 취해야 할 일요일로 날짜를 잡았다. 강 선생은 전신에 땀을 흘리며 비눗물로 곽 노인의 머리, 등, 가슴, 발의 때를 벗겨낸다. 사 개월 만에 몸을 담근다는 곽 노인의 얼굴에 편안한 온기가 돈다. 새삼 때가 벗겨지는 게 재미있고, 본살이 드러남에 흥분이 고조된다. 부연 수증기 사이로 낯익은 모습이 떠오른다. "팔자주름을 활짝 펴고 웃고 있는 부친 강준성이 욕조에 누워" 있다며 끝을 맺는다.

「그곳에 그가 있었다」에서 '그'는 직접적으로는 알츠하이머 환자인 아버지를 지목할 수 있다. 경기도로 전출 간 이동목욕 수급자인 78세 곽 노인, 15층 아파트 1203호에 사는 최 노인의 분신이기도 하다. 그러나 이들은 다른 듯 닮은꼴이다. 오늘의 생기 넘치는 이들이 미래에 만날 초상이기도 하고.

「궁합」은 쓰나미 같은 커뮤니티 게시판의 '이진법 세상'에 매몰된 군상들의 신분 상승과 사랑, 좌절과 방황 등 아픈 삶을 담고 있다. 세상과의 '찰떡궁합'을 꿈꾸는 이들을 위한……. 단편소설의 정공법을 파괴한 옴니버스식 구성에 가깝다. 동창생 '상식, 창수, 세진'의 모임, 친구 '혜연, 남희'와 '지훈'의 만남, '영석'의 이야기로 전개된다. 배우가 대사와 손짓, 몸짓으로 관객을 이해시키는 연극대본 같은 작품이다. 등장인물들의 공통분모인 스마트폰 온라인은 그들의 분신인 '인형(꼭두각시)'이거나 얼굴에 쓰는 '탈'이다.

소설가 상식은 1년 160일 금연 문제로 고민한다. 유일하게 정상적인 가정생활을 하는, 세 아들의 가장이다. 그는 세진, 창수와의 회식자리에서, '세상에 정신적으로 문제 있는 애들이 넘치는 것은, 멀쩡한 알라들을 병신으로 키운 우리 꼰대들하고 천박한 배금주의, 오피니언 리더라는 PC 모지리의 책임'이라 주장한다.

창수는 '갑질'을 하는 자영업자로서 '제비새끼'란 별명을 가질 만큼 여성 편력이 심하다. '불쌍한 아줌씨들을 온 몸으로 불사르는 육보살, 열혈 페미니스트'다. 아내와 헤어진 지 19년째인데 연락 안 하고 산 지 5년 넘었다. 40대 중반인 지금도 스물일곱 살짜리 돌싱, 서른넷의 유부녀이면서 여성학을 전공하는 대학원생을 동시에 만나고 있다. '대학원생의 언니가 서른여섯 살 돌싱인데 무슨 여성단체에서 일을 한다.'면서 '서로 없는 부분을 채워줄 테니 세진이하고 궁합이 잘 맞을 것 같다'고 한다.

'세진, 남희, 영석'은 비슷한 환경에서 성장하고 '아픈 청춘'을 보냈거나 보내고 있다.

세진은 제대한 후, 열여덟 평 반지하에서 한숨과 걱정을 달고 사는 부모와 부대끼기 싫어 공무원시험 준비를 이유로 집을 나와 고시원에서 산다. 그는 열다섯 시간을 두 개의 아르바이트에 쏟아 부었다. 한동안은 염세적인 무기력에 빠져 주위 사람들을 멀리하며 불현듯이 솟아나는 의욕과 열정을 억눌러 삭였다.

학원과 아르바이트를 오가며 목적 없는 삶을 살던 그 무렵 만난 그녀는 세진의 세상 그 자체였다. 그는 공장에 취업해서, 공무원 시험 준비를 하는 그녀의 고시원비, 책값, 학원비를 지원했다. 세진은 조선시대 사대부가의 규수 같은 그녀의 연애관에 전적으로 동의해서 키스 이상의 스킨십을 나누지 않았다. 그녀는 공무원 시험에 합격하고 나서, 세진이 남자로 보이지 않는다는 이유를 내세워 이별을 선언했다. 취미가 인터넷 사이트를 뒤지는 웹서핑인 일 중독자로, 유일한 낙은 1년에 서너 차례 만나는 고등학교 동창들과의 술자리뿐이다. 십 년 넘게 여자와의 인연도 없어 그냥 몽달귀신의 운명이라 믿으며 적응하는 중이다. 창수가 세진에게 '참한 아줌마' 소개해 준다고 하자 세진은 애가 생기면 어쩌느냐고 저어한다. 상식이 "그럼 애 안 낳으면 돼지. 아니면 우리 또래를 만나든가." 하자, 창수가 "폐경한 여자가 여자냐? 삼십대 중반에 아는 여자들이 좀 있는데…한 번 만나볼래?" 했고, 세진은 "숫제 등 긁어줄 사람이 낫지, 삼십대면 더 무섭다. 요즘 젊은 여자들이 하도 여험거리니까 겁이 나서 만나기가 무섭다."고 말한다. 세진은 상식과 창수에게 '여자혐오'의 준말인 '여혐'에 대한 장광설을 풀어내기 시작한다.

혜연은 카톡 채팅, 커뮤니티의 글 검색에 중독되다시피 했다. 이목구비가 반듯하면서 눈이 크고 오뚝한 코, 단정하고 우아한 미안美顔에다 여성스럽고 조신하면서도 털털하고 강단이 있다. 남희는 대기업에 다니는 지훈을 사귀는 그녀에게 '부모님 (이혼 상태) 모두 건재하지, 유학으로 영어 되지, 얼굴 몸매 어디 하나도 꿀릴 거 없는데, 다른 사람들 만나다 보면 오빠보다 더 나은 사람 없겠어?' 하며, 이제 스물 셋밖에 안 됐으니, 여러 놈 더 만나 보라고 한다. 혜연은 지훈 오빠와 인연이 된 것도 너무 고맙고 행복한 일이라 응대한다.

남희는 자의식 과잉과 열등감으로 늘 주위의 시선을 의식하며 자기합리화를 한다. 자기는 '이런저런 못 쓰는 부품들을 모아둔 조물주의 쓰레기통에서 만들어졌을 거'라고 자학한다. 그러면서 '난 최선을 다해 열심히 사는, 깨어있는 여자'임을 자랑하고 인정받고자 한다. 그녀는 특성화고 졸업과 동시에 작은 무역회사의 경리로 취직해 웹툰과 일러스트를 가르치는 전문학원에 다니며 그림판에서 길을 찾는다. 동인전同人展에서 판매할 남성향의 성인 일러북(일러스트레이션 북), 포털사이트의 플랫폼에 연재할 공동작품 제작에 참여할 예정이다. 혜연과 헤어져 귀가하던 깊은 밤, 그녀는 만화로 '부조리한 세상'을 바꿀 수 있다고 믿는다. '못생겼지만 천재적인 두뇌의 여자를 주인공으로 한다. 핍박받던 주인공은 지략으로 남자를 거덜내고, 남자들 세상의 모든 기득권을 부수고 새롭게 사회를 건설하는 거야.' 밤을 새우더라도 스토리와 플롯을 짜야겠다고 마음을 먹은 남희가 뒤를 돌아보는 순간 무언가 머리를 후려쳤고, 남희는 맥없이 고꾸라진다.

영석이 서울에 있는 대학에 입학했지만 그의 부모는 지속적으로 학비를 대줄 능력이 없었다. 그는 제대하고 복학해 3학년을 마치고 휴학했다. 목돈이 만들어지자 기숙하던 고모집을 나와 원룸을 얻었다. 대학을 포기할까 고민 중이다. 편의점과 피시방에서 파트타임으로 일하며, 취업 준비를 하는 생활은 같은 자리만 맴돌고 있다. 그는 자리에 앉아 타이핑을 시작한다.

—여자는 인간과 비슷하지만, 전혀 다른 유사인류다! 영장류속 유사인류종이다. 유사인류는 앞과 뒤, 좌우를 재는 능력이없다. …옳고 그름이란 의미가 없다. 그저 목소리를 크게 내는쪽이, 많은 이들이 펀드는 쪽이 정의다. 범죄의 가해자와 피해자 역시 의미가 없다.…세상살이의 모든 의문이 풀린 건 아니지만, 같은 인간이라고 생각했던 그녀들에 대한 깨달음은 그에게큰 울림을 남긴다. 자정 무렵, 그는 검회색 후드티를 입고 조깅을 하다가 남희를 고꾸라트린다. 영석은 "심장이 터질 것 같다.고통이 아닌 기대와 흥분의 팽창이다. 내 인생에 이토록 아드레날린이 폭주한 적이 있었는가. 유사인류 한 마리를 사냥했다."고 중얼거린다.


불혹의 문턱에 들어선 후에야 늦깎이로 데뷔해 '신예작가'로주목받는 박 황이 등단 5년 만에 발간하는 첫 소설집 『사람 동물원』은, '어리버리 헤매는 멍청한 인간', 삶의 중압감에 신음하는 다양한 군상群像들의 인간박람회장을 방불케 한다.

그의 초상肖像은 늘 무슨 말인가를 하려는, 무엇인가 말을 걸어올 것 같은 비밀스러운 표정이 일품이다. 10시 방향과 2시 방향으로 퍼지는 빗살무늬 같은 미소가 착시현상을 일으키게 한다. 하지만 그는 "산다는 게 뭔지, 살아가는 게 뭔지" 하는 평범한 독백을 하면서도 "자기가 무슨 인생의 선생인 것처럼 훈계조로" 가르치려 하지 않는다. 소설 작품은 작가와 독자의 '밀당' 관계에 있다. 자기 작품이 독자가 이해하거나 이해되기를 바라면서, 아울러 그렇지 않기를 바라는 자기모순적 잠재의식이 공존한다. 세상살이의 해법을 알고자 하면서도 정작 그러한 소망이, 신비감이 맨살을 드러냈을 때는 싫증을 느끼고 가치가 상실하는 인생의 역설적 구조처럼.

박 황은 단편소설의 문법, 기존 정석의 해체를 시도하는 변칙적 실험정신, 환상적 장치로 낯익은 것들에 대한 낯설게 하기, 독자의 예상을 뒤집는 기대의 배반으로 신선한 충격과 재미를 배가시키는 복선장치, 극적 결말의 반전으로 독자를 긴장시키고 재미와 즐거움을 제공하는 마술사이다.

# 사람 동물원

초판 1쇄인쇄  2017년 12월 17일
초판 1쇄발행  2017년 12월 20일

저  자  박 황
발행인  박지연
발행처  도서출판 도화
등  록  2013년 11월 19일 제2013-000124호
주  소  서울시 송파구 중대로34길 9-3
전  화  02) 3012-1030
팩  스  02) 3012-1031
전자우편  dohwa1030@daum.net
인  쇄  (주)상현디앤피

ISBN |  979-11-86644-50-8 *03810
정가  13,000원

*이 책은 경남문화예술진흥원의 문화예술지원을 보조 받아 발간 되었습니다.

도화道化, fool는
고정적인 질서에 대한 익살맞은 비판자,
고정화된 사고의 틀을 해체한다는 뜻입니다.